엄마라는 이상한 세계

엄마라는 이상한 세계

이 시대의 육아를
어렵고 복잡하게
꼬아버린 명령들

이설기 지음

오월의봄

아이를 낳고 키우는 이야기는 끝없이 샘솟는 우물 같다. 두레박으로 퍼내고 퍼내도 다른 이야기가 고이고, 또 다른 이야기가 고인다. 나는 누군가를 먹이고 씻기고 재우는 일에 시간을 속절없이 써버린 사람, 그 시간 속에서 무언가를 잃고 또 얻은 사람이다. 플러스 마이너스로 계산할 수 없는 이 이상한 세계에서 나는 돌아갈 방법이 없다. 나의 글은 이 이상한 세계에 첫발을 내디딜 무렵의 이야기다.

나는 조기 진통으로 임신 29주 만에 아이를 낳았다. 대학병원에서의 응급 출산, 이른둥이(미숙아)의 예후에 대한 의사의 경고, 아이를 재운 후 발달 정보를 뒤지던 밤…… 육아 초기의 기억은 혼란으로 가득하다. 나는 이 혼란이 조산 때문이라고 생각하며 나를 탓했다. 하지만 나의 혼란을 가만히 들여다볼수록 이 혼란은 조산으로 극대화되었을 뿐 엄마가 된 다른 여성들 역시 마주하는 것일 거라는 생각이 들었다. 나의 조건과 상황(1982년생, 교육학 전공, 비영리단체 근무, 부동산 광풍이 불기 전 아파트를 사며 중산층에 진입, 결혼 6년 만에 시험관 1차로 임신……) 속에서 펼쳐진 이야기를 보편의 이야기라고 주장할 생각은 없다. 다만 내 귓가에서 돌림노래처럼 반복되던 목소리들이 나만을 향한 것은 아니었으리라 확신한다. 이 책은 그 목소리—'아이의 발달을 자극하라', '공감하는 엄마가 되어라', '자신의 어린 시절을 돌아보라', '다 엄마 탓이다', '그러다 몬스터가 될 것이다'— 그리고 그 목소리 앞에서 속절없이 흔들렸던 나의 이야기로 이루어져 있다.

　이 책에서 남편은 비중이 적은 조연 배우다. 그에게도 아이를 낳고 키우는 일은 세상을 바라보는 관점을 상당 부분 바꾸는 일이었겠지만, 나만큼의 전적인 변화는 아니었다. 그는 아이를 키우는 이에게 쏟아지는 명령들에서 살짝 비켜나 있었다. 나에게는 들리는 목소리가 그에게는 들리지 않는 듯했다. 들리지 않는 목소리를 숙고할 필요는 없었으므로 그는 나와 같은 혼란 속에서 분열하지 않았다. 이 현실을 '고난을 함께 헤쳐나가는 부부'라는 필터로 미화하고 싶지 않았기에 그의 비중은 줄어들 수밖에 없었다. 남성들이 생명을 기르는 일의 격렬함을 온몸으로 이해할 때, 아이를 낳기 전과 후를 연결하는 안온한 끈이 끊어지는 경험을 할 때, 아이를 키우며 깊은 혼란, 죄책감, 불안, 두려움에 허덕일 때, 이 책의 결말은 바뀔 것이다.

뜻밖의 '신스틸러', 비중이 큰 조연 배우가 있다. '국민 육아 멘토' 오은영 박사다. 내가 아이를 낳고 육아에 허우적댈 때, 텔레비전·라디오·잡지·도서 등 모든 매체에서 소아청소년정신과 전문의 오은영 박사가 국민 육아 멘토로 맹렬히 떠오르고 있었다. 나의 엄마, 동네 엄마, 온라인 커뮤니티의 엄마들까지 사방에서 "오은영 박사님이 그러는데……"라는 말을 건네왔다.

"오은영 박사님이 그러는데 아이한테 절대 화를 내지 말라고……"

"아직도 손을 빠는 건 뭐가 모자라서 그런 거 아니니? 〈금쪽같은 내 새끼〉에 손 빠는 아이가 나오던데……"

그는 지금 여기의 육아문화를 대표하는 상징적 인물이었

기에 나의 육아 역시 그에게서 자유로울 수 없었다. 그가 출연한 텔레비전 프로그램과 각종 인터뷰 등을 분석하는 과정에서 그가 오늘날의 육아문화를 어떻게 바꾸었는지, 지금 여기의 육아가 왜 어렵고 힘든지를 구체적으로 그릴 수 있었다.

이 책을 쓰는 과정에서 오은영 박사에 대한 사회적 평가에 큰 변화가 생겼다. MBC 〈오은영 리포트-결혼 지옥〉(이하 〈결혼 지옥〉)에서 아동 성추행을 방임했다는 혐의, 거듭된 방송 노출에 대한 피로감 등으로 오은영 박사에 대한 비판의 목소리가 커진 것이다. 그 와중에 서울시 서초구의 한 초등학교 교사가 자살하는 사건이 일어났고, 자살한 교사가 학부모의 지속적인 악성 민원으로 고통받았다는 증언이 나오자 사람들은 악성 민원의 배후로 오은영 박사의 육아법을 지목하기까지 했다. 공감하고 감정을 읽어주는 방식의 육아 대신, '쉬운 육아'를 주장하는 전문가들이 부상하기도 했다.

하지만 오늘날 '어려운 육아'는 오은영 박사와 같은 전문가 한 사람의 작품이 아니다. 여기에는 '아이는 만들어질 수 있다'는 믿음과 점점 더 어린 연령대까지 압박해오는 신자유주의적 경쟁, 내면아이와 자존감 등을 중시하는 치유문화의 유행, 자녀의 문제는 대체로 엄마의 책임이라는 모성 이데올로기 등이 겹겹이 연결되어 있다. 새로운 전문가들이 나타나 "쉬운 육아가 가능하다"고 주장하더라도, 육아를 어렵게 만든 요인들이 굳건히 버티고 있는 한 육아문화를 바꾸기는 쉽지 않을 것이다. 한 젊은 교사의 죽음으로 시작된 사회적 논의가 이 시대의 육아를 어렵고 복잡하게 꼬아버린 것들에 대한 비판과 성찰로 이어질 수 있기를 바란다.

이 책은 한 여성이 어떻게 이 시대의 엄마를 향한 명령들에 지독하게 얽혀들었는지, 그것들을 어떻게 받아들이고 실천하고 의문을 품고 밀쳐내고 협상하게 되었는지에 대한 이야기다. 에세이와 비평, 르포 사이 그 어디쯤에 있는, 그 무엇으로도 읽힐 수 있는 이야기를 이제부터 시작해보겠다.

발달을 자극하라

지금 태어나면
아이는 살 수 있나요?

"저, 배가 너무 뭉쳐서 왔는데요."

늦은 밤, 다니던 산부인과의 분만실 문을 쭈뼛쭈뼛 열었다. 임신 26주 차, 분만실을 찾기엔 너무 이른 주 수였다. 몇 주 전부터 배가 딱딱해지면서 전기가 통하는 듯 찌르르한 느낌이 반복적으로 들었고, 퇴근 후 쉬어도 나아지지 않았다. 분만실을 찾은 당일에는 배가 딱딱해 걷기 힘들 정도로 배 뭉침이 심했다. 배 뭉침이라면, 자궁이 수축하면서 생기는 증상으로 출산이 임박했다는 징후라는데? 응급실에 갔더니 임신 20주가 넘었다며 분만실로 안내했다.

분만실 침대에 누워 자궁수축 정도를 확인하는 기계를 배에 부착했다. 알 수 없는 숫자가 화면에 깜빡이며 급격한

곡선을 그렸다. 내가 이해할 수도 없고 어찌할 수도 없는, 내 몸에서 일어나는 물결이었다. 그때는 몰랐다. 출산 전까지 다시는 집에 돌아가지 못하리라는 것을.

종합병원 산부인과에 입원해 '라보파'라는 자궁수축 억제제를 맞았지만 자궁수축은 잡히지 않았다. 입원 3주 차, 최대치의 라보파를 투여했음에도 자궁수축 검사의 그래프 곡선은 더 급격해졌다. 인큐베이터가 있는 대학병원으로 전원하는 게 좋겠다는 의료진의 판단으로, 사설 구급차를 타고 대학병원으로 옮겨졌다. 의료법 제3조의4는 내가 입원한 대학병원과 같은 상급종합병원(중증종합병원)을 "중증질환에 대하여 난이도가 높은 의료행위를 전문적으로 하는 종합병원"이라 지칭한다. 대학병원으로 전원한 순간부터 나는 산모도, 의료서비스의 소비자도 아닌, "난이도가 높은 의료행위"를 요하는 환자였다. 그 말인즉슨, 대학병원의 의료시스템과 의료진에게 '군말 없이' 나를 맡겨야 한다는 뜻이었다.

대학병원 분만실에 도착하자마자 핏기 없는 젊은 얼굴의 전공의가 다가와 질문을 퍼부었다.

"엄마, 저번 병원에서 임신성 당뇨 검사했어요? 수치는?"

그의 말 속에서 나는 반말을 섞어도 되는, 익명의 (예비) 엄마로만 존재했지만 의문을 가질 여유는 없었다. 사전 설명도 듣지 못한 채 이 건물 저 건물로 옮겨다니며 검사를 받았다. 질 초음파를 위해 하의 탈의를 하고 다리를 벌린 채로, 몇 십 분간 전공의를 기다렸다. 전공의와 간호사는 처치 과정에 대한 설명 없이 들이닥쳤고, 교수는 하루 한 번 간신히 만났다. 그는 전공의와 간호사 예닐곱 명을 대동한 채 빠른 걸음으로 회진을 돌며, "수축이 심해지면 내일이라도 출산할 겁니다"라고 말했다.

"지금 태어나면 아이는 살 수 있나요?"

교수에게 묻자, 그는 답했다.

"나는 산부인과 교수지, 소아과 교수가 아니잖아요?"

산부인과는 산모의 몸만을 관장하지 않는다. 산부인과 교수로서 그는 조산아의 생존율과 생존 후 장애 가능성에 대해 알고 있었을 것이다. 그러나 그는 소아과 교수가 아니라는 말로 환자가 태아의 예후에 대해 질문하는 것을 차단해버렸다. 환자가 현 상황을 이해할 가능성도 함께. 당시 나는 28주가 넘으면 조산아의 90% 이상이 생존한다는 사실을 알지 못했다.

내가 의료진에게 원했던 것은 "괜찮을 거예요"라는 희망의 말이나 "두려우시죠?"라는 공감의 말이 아니었다. 의료진에게 그런 걸 바라기엔 이들의 노동환경이 지나치게 비인간적이었다. 밥 먹고 잠자고 화장실 갈 시간도 없는데 '인간미'를 잃지 않는 의료진이란 '슬의생'(tvN 드라마 〈슬기로운 의사생활〉)에서나 가능한 것 아닌가. 다만 나는 내가 처한 상황에 대해 이해하고 싶었다. '감히' 질문조차 할 수 없는 위압적인 분위기에서 벗어나, 짧은 시간이나마 동등하게 대화하길 바랐다. 라보파조차 듣지 않는 상황이라면 다른 약을 쓰거나 다른 약과 동시에 쓸 수는 없는지, 왜 자연출산이 아니라 제왕절개여야 하는지, 지금 주 수에 태어난 아이의 예후는 어떠한지, 나와 아이에게 가장 중요한 순간을 당사자로서 충분히 이해하고 준비한 후 맞이하고 싶었다. 그러나 질문은 금기시되었다. 질문할 수 있는 기회는 주어지지 않았고, 용기를 내어 한 질문은 차단당했다.

시인 에이드리언 리치는 《더 이상 어머니는 없다》에서 출산이 의료화로 인해 "여성의 통제권이 상실되는 경험"[1]이 되었다고 쓴다. 여성들은 병원의 계급적인 분위기 속에서 무력한 상태로 의료진의 처치를 기다린다. 진통의 두려움과 긴장에 대해 의료진과 상의하지 못하고, 침대에서 벗어나 편안한 자세로 진통하지 못한다. 의료진의 편의와 빠른 출산을 위한 장치들은 산모를 위한 것과는 거리가 멀다. 침대에 누워서 진통하는 자세는 중력의 힘으로 아이를 밀어내기 힘들게 하고, 외음부 파열의 가능성을 높여 회음부 절개를 필요로 한다. 흔히 '내진'이라 일컬어지는, 인공적인 진통 촉진과 자극은 수축과 수축 사이의 완화 기간을 단축시켜 수축 기간을 더

연장하고 고통스럽게 만든다.[2]

내가 출산 과정에서 느낀 무력감은 마음과 달리 몸이 자꾸 아이를 내보내려고 신호를 보낸다는 것, 그런 몸을 스스로 통제할 수 없다는 데서 온 것만은 아니었다. 태아의 예후에 대해 "소아과 교수가 아니잖아요?"라고 대꾸하는 교수, 의학적 처치에 대해 침묵으로 일관하는 전공의와 간호사, '바쁜' 의료진의 입장에 따라 설계된 검사 절차와 과정…… 내 몸에서 일어나는 일에 대해 나는 알 권리가 없었고, 조산에 대한 두려움과 긴장은 증폭되었다. 위급한 상황이니 어쩔 수 없는 일이었을까? 환자로서 당연히 감내해야 하는 일이었을까?

대학병원에 입원한 지 4일째, 수축 검사 결과를 보던 전공의가 다급하게 교수와 연락을 했다. 수축 강도가 이전보다 심해졌다는 것이다. 전공의는 수축 결과 추이를 지켜보자고 하더니 2시간 후 수술을 해야 한다고 했다.

"오늘 아기를 낳아야 한다고요? 수축이 조금씩 나아지고 있는 것 같은데……"

"그래도 진통이 있을 때 아기 심박수가 떨어졌기 때문에 위험해요."

"조금만, 조금만 더 기다려보면 안 되나요?"

"휴…… 인큐베이터 자리가 없을 수도 있어요. 교수님도 수술하라고 지시하셨잖아요."

예닐곱 명의 전공의들이 나를 둘러싸고 있었고, 수술확인서를 내미는 전공의의 말투는 짜증으로 고조되고 있었다. 더 이상 수술을 미뤄달라고 버티기 어려웠다. 수술동의서에 사인을 하자마자 순식간에 간호사들이 모여들었다. 주삿바늘을 바꾸고 수술복으로 갈아입히고 회음부 제모를 했다. 쓱쓱 거친 면도기로 음모를 미는 소리가 들렸지만 수치스럽다고 생각할 여유는 없었다. 수술실을 향해 요란하게 굴러가는 침대 바퀴 소리를 들으며, '오늘이 며칠이지' 생각했다.

　　'오늘은 아이의 생일이 될까, 아니면……'

　　임신 29주 6일째였다.

"앞으로 발달이
잘 이루어지는지
지켜봐야 해요."

태어나자마자 신생아중환자실로 옮겨진 아이가 퇴원하기까지는 65일이 걸렸다. 그 65일은 빨갛고 쭈글쭈글한 1.63킬로그램의 아기새가 3.9킬로그램이 되기까지 걸린 시간, 자가 호흡을 못하던 아이가 스스로 숨을 쉬고 젖병을 빨기까지 걸린 시간, 매일 신생아중환자실에서 마주치는 엄마들과 쭈뼛쭈뼛 인사를 나누고 그들과 연락처를 주고받고 차 한잔을 하기까지 걸린 시간, "아기는 강하다"는 말과 최악의 가능성 사이에서 엎치락뒤치락하던 시간, 아이의 생명력에 감탄하고 의료진의 애씀에 감사한 시간, 한국의 의료보험제도에 만세를 외치던 시간(65일의 신생아중환자실 비용은 50만 원이 넘지 않았고, 보건소 지원사업을 받아 실제 지불한 금액은 27만 원이었다),

그리고 지독히도 느리게 가는 시간이었다.

아이가 신생아중환자실에 있는 동안 면회 외에 가장 많이 한 일은 인터넷 검색이었다. 불안한 마음을 이기지 못하고 '조산', '29주 미숙아', '29주 이른둥이' 같은 검색어를 입력하곤 했다. 질병관리청 국가건강정보포털에 따르면, 임신 기간 37주 미만 또는 최종 월경일로부터 37주 미만에 태어난 아기를 미숙아 또는 조산아라고 한다. '미숙아'라는 이름을 "뭔가 미숙하고 정상적인 상태에 못 미친다는 의미를 나타내는 것처럼 오해"하지 않도록 '이른둥이'라는 한글 이름으로 부르기도 한다.[3] 의학기술이 발전함에 따라 28주 이후에 태어난 미숙아 열 명 중 아홉 명은 생존한다. 다만, 건강은 장담할 수 없다. 태아의 몸에서 폐는 가장 늦게 완성되는 기관으로, 신생아호흡곤란증후군, 기관지폐이형성증 등 폐 관련 질환이 있을 수 있다. 뇌가 완전히 성숙하지 못한 채 출생하는 과정에서 뇌출혈, 백질연화증, 뇌성마비 등이 일어날 수 있다. 미숙한 장이 모유나 분유를 소화하지 못하는 경우 괴사성장염, 산소치료로 인해 망막에 손상이 생기는 경우 미숙아망막증, 대동맥과 폐동맥을 연결하는 동맥관이 늦게 닫히는 경우 동맥관 개존증이 발병할 수 있다…….

맘카페의 '이른둥이맘' 게시판에 들어가, 비슷한 주 수에 출산한 이들의 글을 읽었다. 아이들은 대체로 출산 예정일 전

1부 | 발달을 자극하라

후로 신생아중환자실을 퇴원했지만, 예후는 제각각이었다. 글쓴이의 닉네임을 클릭해 그동안의 작성 글 목록까지 확인했다. 어떤 이의 글 목록은 "돌잔치 장소 좀 골라주세요", "어린이집 어디가 좋을까요?", "둘째 초음파 사진 좀 봐주세요" 등으로, 어떤 이의 글 목록은 "아이가 아직 네발 기기를 못하는데 많이 느린가요?". "재활치료 시작했어요", "재활 스케줄 괜찮을까요?", "오늘 장애 등록하고 왔어요" 등으로 흘러갔다. 확실한 건 후자의 비율이 만삭아와 비교해 월등히 높다는 것이었다.

아이는 입원 기간 동안 큰 이벤트를 겪지 않았다. 신생아 호흡곤란증후군, 기관지폐이형성증, 뇌실주위 음영증가, 심방중격결손 등의 진단명이 붙었지만 이른둥이에게는 흔한 진단명이었다. 그러나 퇴원하며 받은 안내문에는 이렇게 적혀 있었다.

이른둥이들은 조산으로 인하여 발생하는 여러 의학적인 문제 외에도 성장과 발달상의 문제를 경험할 가능성이 높기에 소아과 전문의와 정기적인 검진 외에도 발달평가, 재활치료 및 영양상담 등 여러 분야에 걸쳐 통합적인 외래 추적관찰과 치료가 필요합니다.

아이에게는 여러 분야의 추적관찰이 필요했다. 미숙아 망막증 가능성이 있으므로 안과 미숙아망막증 검사, 청력 문제가 있을 수 있으므로 이비인후과 청력 검사, 심장에 구멍이 있으므로 심장내과 심장초음파 검사, 발달 문제가 없는지 확인하기 위한 재활의학과 발달검사…… 이 중에서 쉽게 '졸업'을 할 수 없는 과가 있었다. 재활의학과와 신생아과다. 대근육 발달이 잘 이루어지는지(재활의학과), 전반적인 발달이 잘 이루어지는지(신생아과) 정기적으로 발달검사나 외래 진료를 통해 확인해야 했다. 걸음마는 돌, 인지나 언어 발달은 두세 돌, 집중력과 학업능력 발달은 네 돌 이후에야 확인할 수 있으므로 발달을 확인하는 과정은 장기전이 될 터였다.

재활의학과 첫 외래가 있는 날이었다. 교수는 차트에 눈을 고정한 채 지나가듯 말했다.

"엄마는 왜 조산을 했을까?"

교수의 말이 혼잣말인지 혼잣말을 가장한 반말인지, 나의 대답을 원하는 것인지 아닌지, 나의 대답을 원하는 거라면 뭐라고 대답해야 하는지 알 수 없었다. 내가 왜 조산을 했는지에 대한 답은 내가 가장 절실하게 알고 싶었던, 하지만 찾을 수 없었던 답이 아닌가. 뭐라고 대답해야 할지 몰라 우물쭈물하면서도 한 가지는 확실히 알 수 있었다. 아이가 지금 재활의학과에 와 있는 이유는 나의 조산 때문이라는 걸. 교수는 차트에서 눈을 떼고 나를 보며 말했다.

"이른 주 수의 조산이라 뇌 손상 가능성이 있어서, 앞으로 발달이 잘 이루어지는지 지켜봐야 해요."

그때부터였다. 아이의 발달에 촉각을 곤두세우는 육아가 시작된 것은.

발달 자극을 위해
뭔가 더 해야 하는데……

"영유아기의 뇌는 가소성이 높은 시기이므로, 발달장애나 발달장애 위험이 있는 아동에게 이 시기는 무엇보다 중요합니다!" 발달 전문가들이 강조하고 또 강조하는 말이다. 장애나 장애 위험 아동에게 생애 초기 조기 개입이 필수적이라는 인식이 확산되면서 국가적 차원에서 영유아 조기 중재 서비스Early Intervention를 제공하는 나라가 늘어났다. 진단을 통해 대상자로 선정되면 영유아와 그 가족에게 물리치료, 언어치료, 가족지원과 상담 등을 무료로 제공하는 것이다. 한국에는 이와 같은 일관적인 지원체계는 없지만, 영유아 건강검진 사업의 일환으로 생후 4개월에서 71개월까지의 모든 영유아를 대상으로 6차에 걸친 발달평가를 실시하고 있다. 이 한국 영유아 발달선별검사의 검사지 문항, 그리고 퇴원하면서 대학병원에서 잡아준 네 번의 발달검사 결과가 아이의 발달이 잘 이루어지고 있는지 판단하는 지표가 될 터였다.

첫 발달검사가 있던 날, 어린이병원 지하의 한 작은 방에서 임상심리사를 만났다. 임상심리사는 내게 발달검사 질문지를 건넸다. 엎드린 자세에서 뒤집을 수 있는지, 누워 있을 때 자기 발을 잡고 노는지, 손을 뻗어 앞에 있는 장난감을 잡는지, 그림책의 그림을 관심 있게 보는지, "안 돼!"라고 하면 반응하는지, 거울에 비친 자신의 모습을 보고 웃거나 웅얼거리는지 등 대근육·소근육·인지·언어의 영역별로 할 수 있는 것과 없는 것을 확인하는 질문이 가득했다. 그는 짐짓 명랑한 목소리로 아이에게도 물었다.

"여기 블록이 있네? 우리 이 블록 한번 쌓아볼까?"

아이는 진료실의 낯선 분위기에 경직되었는지 딴청만 피웠다.

"자자, 여기 블록이 있잖아. 어떻게 가지고 놀까?"

아이는 블록에는 관심 없다는 듯 다른 장난감만 바라봤다. 선생님은 종이 위에 무언가 바쁘게 쓰고 있었다. × 자를 쓰고 있는 걸까? 애가 탔다. 수능 볼 때도 이렇게 입이 말랐었나?

일주일 후 확인한 발달검사 결과지는 A4 열 장이 넘는 분량이었다. 수능 성적표에서나 보던 점수와 원점수, 퍼센트 등의 숫자들을 어지러이 지나자, 이런 문장이 나왔다. "환아의 인지발달은 또래와 유사한 수준으로 이루어지고 있으며, 운동발달은 또래보다 다소 더딘 수준인 상태입니다." 나 역시 어느 정도 예상한 결과였다. 아이는 '뒤집기를 할 때가 됐는데⋯⋯' 할 때쯤 한 박자 늦게 몸을 뒤집고, '배밀이를 왜 안 하지?' 할 때쯤 천천히 배를 밀고 다니기 시작했다. 움직이는 것을 그다지 좋아하지 않는 기질이라서? 머리가 크고 무거워서? 아니면 재활의학과 교수의 말대로 뇌 손상이 있어서? 물음표를 띄워보다 고개를 절레절레 흔들었다.

아이의 가능성은 무궁무진하다고 하니까, 혹여 뇌 손상이 있더라도 좋은 환경을 마련해주면 잘 자랄 수도 있다고 하니까⋯⋯ 먹이고 재우는 것만으로 만족할 수 없었다. 퇴원하면서 산 유명한 발달 전문가의 책에는 시각 발달을 위해 "엄마의 얼굴 표정과 옷이 아기에게 즐거운 시각 자극이 되도록 입술에는 립스틱을 바르고, 머리에 예쁜 핀을 하나 꽂고, 작은 크기의 캐릭터가 그려진 티셔츠를 입을 것을 권한다"[4]고 쓰여 있었다. 립스틱을 바르고, 예쁜 핀을 꽂고 캐릭터 옷을 입으라니 '인간 모빌'이 되라는 뜻입니까? '에이 뭘 그렇게까지' 하며 흘려버렸을 조언 하나하나가 무시할 수 없이 다가왔다. 결국 아이의 신생아 시기, 나는 장롱 깊은 곳에서 잠자던 캐릭터 티셔츠를 꺼내 입었다. 미적 취향 따위 포기하고 캐릭터 티셔츠도 꺼내 입은 마당에, 다른 거라고 못 할까.

아이에게 해당되는 개월 수의 발달검사지 문항을 확인해 아이가 하지 못하는 것을 연습시켰다. "아이가 보는 앞에서 작은 장난감을 컵으로 덮고 감추면, 컵을 열어 장난감을 찾는다." 아이는 이 과제를 수행할 수 있는 개월 수가 되었지만 아직 컵을 여는 동작을 하지 못했다. 그래, 오늘은 꼭 이 과제를 연습시켜봐야지. 아이가 유아 식탁에 앉아 있을 때 좋아하는 쌀과자를 보여주곤 재빨리 컵으로 덮었다.

"어? 쌀과자가 어디 갔지? 쌀과자가 어디로 갔을까?"

아이는 쌀과자가 눈앞에서 사라지자 울음을 터트렸다. 나는 컵을 흔들어 딸각딸각 소리를 냈다.

"무슨 소리가 나는데…… 쌀과자가 이 안에 있나?"

아이는 계속 울다 쌀과자가 컵 사이로 삐져나온 틈을 놓치지 않고 낚아챘다. 다음 날, 또다시 쌀과자를 컵으로 덮자 아이는 반응조차 하지 않았다. 컵을 보여주든, 흔들든 말든 관심 없었다.

발달 과제를 연습해보려는 시도는 대부분 실패로 끝났다. 아이는 나의 의도를 이해하지 못하거나 나의 의도를 알아채고 흥미를 잃었다. 영문을 모르겠다는 표정으로 나를 보는 까만 눈동자 앞에서 막막함을 느꼈다. 나의 열의가 가닿지도, 말이 통하지도 않는 이 작은 생명체에게 무얼 가르친단

말인가. 버럭 소리를 지르지나 않으면 다행이지. 그러나 나의 좌충우돌과 달리, 1783년 교육학자 요한 베른하르트 바제도 Johann Bernhard Basedow는 준엄한 어조로 이렇게 충고했다.

사람들은 젖먹이와 노는 것을 좋아한다. 그러나 이런 장난을 좀 더 유익한 것으로 만들 수도 있을 것이다. (……) 어째서 어머니들은 떠오르는 대로 아이들의 관심을 이끌 뿐, 순서에 따라 사물에 관심을 기울이도록 이끌지 않는가? 어째서 아이들을 손으로 이끌어 순서대로 무언가를 만지고 밀치고 당기고 잡고 쥐고 놓도록 가르치지 않는가? "만져봐, 밀어내, 끌어당겨, 붙잡아, 가지고 있어, 던져봐!" 등의 짧은 단어를 가지고 말이다. (……) 간단히 말해 젖먹이 또는 어린아이들과 하는 모든 놀이와 장난은 의도적으로 대상과 이름에 대한 지식을, 그리고 언어 성분과 신체의 다른 부분에 대한 연습을 목표로 해야 한다.[5]

아이가 "대상과 이름에 대한 지식"을 배우고 "언어 성분과 신체의 다른 부분에 대한 연습"을 할 수 있도록 교육적 의도와 순서를 가지고 아이와의 시간을 구성하라는 것이다. 이런 관점은 아이를 키우는 일을 명확한 학습 목표를 성취하기 위한 의식적인 활동으로 만든다. 그런데 아이와 함께하는 모든 놀이와 장난을 의도적 목표를 가지고 구성하기 위해서는 얼마나 많은 에너지가 들까? 지식 습득과 연습을 목표로 하는 육아 속에서 아이와 양육자는 편안하고 자연스러운 일과를 보낼 수 있을까? 나는 육아를 의식적인 활동으로 정의하고 엄마를 이 활동을 위한 도구로 인식하는 18세기 남성 교육학자의 시선에 흠칫 놀랐다. 하지만 이 시선에서 벗어나지 못한 건 나 역시 마찬가지였다. 입을 앙다무는 아이를 쫓아다니며 이유식 숟가락을 들이밀고 축축해진 아이의 기저귀를 갈고 젖병을 닦으면서도, '아이의 발달을 자극하기 위해 무언가 더 해야 하는데'라는 찜찜함을 느꼈다. 발달 과제를 연습해보려는 시도에 아이가 따라주지 않으면 화가 났다. '정상발달'이라는 기준에 비추어 아이를 평가하고, 평가 결과에 따라 안도감이나 조바심을 느꼈다. 나, 이대로 괜찮은 걸까?

놀이인 듯 놀이 아닌
'꾸안꾸' 놀이법

"개월 수에 맞는 성취 과정을 해낼 수 있도록 돕되, 억지로 배우는 게 아니라 재미있는 놀이처럼 느낄 수 있도록 해주세요."

아이의 발달을 어떻게 도와야 할지 모르겠다고 하소연하자, 교수가 한 말이다. "개월 수에 맞는 성취 과정"이라는 명확한 목표를 가지되, 그 목표를 들키지 않고 "재미있는 놀이처럼 느껴지게" 해야 한다고? 아동학자들은 놀이의 조건으로 무목적성, 자발성, 아동 주도성을 든다.[6] 아동 스스로 내부적 목적과 내적 동기를 가지고 자발적으로 놀이의 시작과 끝을 정할 수 있을 때 놀이가 가능하다는 것이다. 이 정의에 따르면 발달 촉진이라는 외부적 목적과 이 목적을 위해 계획된 과정들은 놀이와 공존할 수 없다. 공존할 수 없는 것을 공존하게 하기 위해서, 발달 촉진을 위한 활동을 '놀이인 듯' 보이기 위해서 어떤 고난도의 기술을 연마해야 하는 걸까? 원래 '꾸꾸'(꾸민 듯 꾸민)보다 '꾸안꾸'(꾸민 듯 안 꾸민 듯 꾸민)가 더 어려운 법인데.

발달을 촉진한다는 장난감이나 교구를 사볼까, '엄마표 놀이'를 해볼까, 아이를 재운 밤 인터넷을 뒤졌다. 인터넷 세상에서는 대근육·소근육·인지 발달을 자극한다는 수많은 장난감과 교구가 '국민 ○○○'이란 이름을 달고 판매 중이었다. 국민 체육관, 국민 문짝, 국민 깜짝볼, 국민 걸음마 학습기…… 개월별로 꼭 필요하다는 장난감과 교구의 목록은 끝없이 이어졌다. 국민 장난감은 하나같이 번쩍번쩍한 불빛과 다양한 전자음을 가지고 있었는데, 이는 대단한 교육적 목적이라기보다는 아이의 시선을 끌어 양육자에게 잠깐 쉴 시간을 주는 '엄마 화장실용', '엄마 커피 마실 시간 확보용'으로 보였다. 하지만 K-국민 장난감을 무시하지 마시라. 각각의 장난감은 발을 차고(국민 체육관) 문짝을 여닫으며(국민 문짝) 움직이는 공을 잡으러 다니는(국민 깜짝볼) 주된 기능만 가진 것이 아니다. 이를테면 국민 문짝은 문을 여닫을 수 있는 것은 물론 동그라미 네모 세모 모양을 맞출 수 있는 판, 작은 공을 넣을 수 있는 구멍, 전화기 놀이를 할 수 있는 전화기 모양 버튼, 변기 물 내리는 버튼이 있고, 상단에는 시계가 달려 있는데다 작은 글씨로 알파벳까지 쓰여 있다. 하나의 장난감으로 대근육 발달은 물론 모양 맞추기와 공 넣기, 역할 놀이, 배변 훈련, 숫자와 알파벳 익히기까지 가능하도록 하겠다는 야심에 머리가 어지러울 지경.

인터넷에는 일상에서 쉽게 구할 수 있는 재료를 활용한 '엄마표 놀이' 정보도 넘쳐났다. 쌀이나 미역, 두부 등으로 하는 촉감 놀이, 밀가루 반죽 놀이, 스티커 떼기 놀이, 마라카스 만들기 놀이, 물티슈 캡 여닫기 놀이…… 이런 놀이의 효과는 대근육·소근육·인지 발달에만 있지 않았다. 아이는 이런 놀이를 통해 엄마와 애착을 형성하고 정서적 안정을 느낄 수 있다고들 했다. 밀가루, 종이컵, 색종이, 풀, 물티슈 캡 등 놀이에 필요한 재료는 국민 장난감에 비하면 소소했다. 그런데 이런 재료들도 꼭 쓰려고 찾으면 없다. 아이와 할 수 있는 놀이를 인터넷에서 찾고, 문방구나 마트에 가서 필요한 재료를 구입하고, 아이가 호응할 만한 타이밍을 잡아 실행하는 일에는 엄청난 기획력과 실행력이 필요했다. 가장 큰 문제는 철저히 준비해도 정작 아이는 시큰둥하다는 거였다. 큰맘 먹고 촉감 놀이를 해준답시고 욕조에 미역을 풀어도 아이가 재미있어하는 건 길어야 5분. 결국 엄마표 놀이는 내가 이만큼 아이를 위해 애쓰고 있다는 셀프 만족과 인증샷으로 끝나기 일쑤였다.

인터넷에 넘쳐나는 정보들은 아이를 먹이고 입히고 재우는 것에만 신경쓰지 말고 '적절한 자극'을 '자연스럽게' 주라고 외치고 있었다. 먹이고 입히고 재우는 것만으로도 똥줄 타게 바쁘다고! 항변하고 싶었지만 외면하기는 힘들었다. 아이들은 저절로 자라는 것이 아니라 부모의 발달 자극을 필요로 한다는데, 우리 아이는 발달장애 고위험군이 아닌가. 하지만 발달을 자극하라는 이 메시지는 발달장애나 발달장애 고위험군 자녀를 둔 부모만을 향하지 않았다. '정상발달' 아동을 겨냥하는 영유아 장난감 교구 시장은 영유아의 발달을 효과적으로 자극하기 위해 해당 제품이 필요하다고 홍보한다. 인터넷에는 이러한 장난감과 교구 활용은 물론 엄마표 놀이나 체험학습 등의 정보가 그득하다. 이제 발달을 자극하라는 명령은 '영어는 일찍 잡아놓아야 한다', '대입에서 가장 중요한 건 수학이다' 등의 영유아 버전으로 유통된다. 자연스러운 일과 속에서도 발달에 필요한 자극을 충분히 받을 수 있다는 전문가들이 있지만, '충분한' 걸 넘어 '남들보다 많은' 발달 자극이 목표가 된 세상. '발달 자극'은 더 경쟁력 있는 사회인으로 기르기 위해 아이를 전방위적으로 관리·교육해야 한다는 신자유주의적 명령의 다른 이름이 된 것이다.

2023년 1월부터 3월까지 ENA 채널에서 방영된 육아 예능프로그램 〈오은영 게임〉에는 영유아의 발달과 놀이에 대한 주류적 시선이 그대로 담겨 있다. 이 프로그램의 기자 간 담회에서 오은영 박사는 이렇게 말했다.

> 성장 발달하는 내내 부모님이 아이 발달에 필요한 자극을 줘야 합니다. 사실 놀이는 그런 의미예요. 놀이는 재밌고 즐겁고 좋은 기억을 남기는 과정이기도 하지만 더 중요한 평생 살아가는 데 매우 중요한 발달 자극을 주는 방법이기도 합니다.[7]

〈오은영 게임〉은 부모를 위한 '놀이 처방전'을 제시한다는 취지로, 아동을 다섯 가지 유형으로 나누고 유형별로 효과적인 놀이 방법을 가르친다. 아이의 신체 발달을 돕는 용암 대탈출 놀이, 언어 영역을 자극하는 역할 바꾸기 놀이, 집중력을 길러 인지능력을 높이는 카드 숨바꼭질 놀이 등이다. 오은영 박사는 부모와 아이의 놀이 모습을 관찰하다가 부모의 놀이 방식에 문제가 있을 때 버튼을 누르고, 버튼을 누른 만큼 부모의 '체크포인트'가 쌓인다. 프로그램 내내 자주 등장하는 오은영 박사의 발언은 이렇다.

"우리 친구는 상대적으로 ○○ 영역이 부족하기 때문에, 이 부분이 채워지면 발달 오각형이 빵빵해지면서 고른 발달을 할 수 있을 것 같습니다."

'빵빵한 발달 오각형'이라니, 여러 영역에서 골고루 두각을 나타내는 '육각형 인재'의 다른 이름인가? 물론 내 아이가 육각형 인재가 된다면 마다하지 않겠다. 하지만 아이돌 세계에도 노래, 춤, 비주얼, 피지컬이 되면서 예능감도 있고 팬서비스도 확실한 육각형 멤버가 있는 반면, 노래나 춤에 능력치를 '몰빵'한 멤버가 있다. 이들은 모두 팀에 꼭 필요한 멤버이며 모두가 육각형 인재가 될 수도 없고 될 필요도 없다. 하지만 발달을 자극하라는 명령은 '빵빵한 발달 오각형'이라는 이름으로 모든 아이를 향해 돌진하고 있다. 이 명령 아래 있는 한, 놀이는 다분히 의도를 가진 활동이 된다. 오은영 박사는 "놀이는 억지로 하는 것이 아니라 부모가 즐겁고 행복한 소통을 하는 시간"[8]이며, "정답은 없기 때문에 완벽한 놀이를 해야 한다는 부담을 가질 필요가 없다"[9]고 말하지만, 〈오은영 게임〉에서 놀이는 정답이 있는 활동에 가깝다. 부모가 전문가에게 배워 주도면밀하게 실천해야 하는 과제인 것이다.

놀이인 듯 놀이가 아니고, 정답을 가지되 정답을 감춘 '꾸안꾸' 놀이법을 실천하는 일은 미궁 속을 헤매는 것 같았다. 나는 발달 자극을 위한 놀이를 찾아 우왕좌왕했다. 우리 아이가 상대적으로 덜 발달한 영역을 자극하기 위해서는 어떤 놀이를 해줘야 할까? 아이가 재미있게 놀았다고 느끼게 하면서도 놀이의 의도를 들키지 않으려면 어떻게 해야 할까?

그렇게 생각할 때 "완벽한 놀이를 해야 한다는 부담"은 필연적으로 찾아왔고, 육아는 숙제가 되었다.

'흔들린 아이 증후군'
방지를 위해 비싼 유아차가
필요하다고?

　육아를 하며 맞닥뜨린 또 다른 숙제가 있었다. 아이가 커 갈수록 살 것은 끊이지 않았다. 이가 나면 치발기를, 이유식을 시작하면 이유식 조리도구와 용기를, 손을 빨면 공갈 젖꼭지를, 기어다니기 시작하면 놀이매트를 사야 했다. "옛날에는 그런 거 없이도 키웠어." 어른들은 말했지만, '그런 거'를 사야 할지 말아야 할지, 꼭 필요한지 아닌지 확인하는 데도 많은 에너지가 들었다. 누군가는 타이니러브Tiny Love 모빌이 화장실 다녀올 시간을 허락해주었다고 했다. 다른 누군가는 아기 비데가 자신의 손목을 지켜주었다고 했다. 한 쌍둥이 엄마는 자동 분유 제조기가 남편보다 낫다고 했고, 아이의 비염으로 고생하던 이는 전동식 콧물 흡입기가 효자템이라고 했다. 나도

'육아템빨'을 누려보고 싶어서, 꼭 필요하지 않아도 '신박한' 아이템이 없을까 인터넷을 기웃거리곤 했다.

무언가 사기로 했다면 가격과 성능은 물론, 안전한지, 유해 성분이 검출되지는 않았는지 등을 알아보아야 했다. 물티슈와 기저귀는 직접적으로 피부에 닿고, 놀이매트는 하루 종일 노는 곳이고, 주방세제는 그릇에 잔류해 입으로 들어가니까…… 따져보지 않을 수 없었다. 가습기를 깨끗이 유지하고자 마트에서 가습기 살균제를 구입했던 소비자들이 큰 피해를 입은 사건이 불과 몇 년 전. 아이가 폐 질환으로 사망해 "내 손으로 내 아이를 죽였다"던 피해자 부모의 울부짖음[10]을 기억한다. 여전히 뉴스에서는 물티슈, 기저귀, 놀이매트, 주방세제, 아기욕조에서 기준치 수십 배 이상의 유해 성분이 검출되었다는 소식이 들려온다. 유의해야 할 성분이 무엇인지, 그 이유는 무엇인지, 대체할 수 있는 성분이 있는지 확인하기 위해 암호 같은 성분명들을 검색하곤 했다.

육아의 틈새마다 포진해 있는 수많은 상품 속에서 내게 딱 맞는 '육아템'을 찾고, 필요성을 따지고, 안전성을 검증하는 데는 많은 시간이 필요했다. 아이를 재운 후에 습관적으로 맘카페의 쇼핑 정보 게시판이나 쇼핑 앱을 찾았다. 내 뜻대로 되지 않는 조그만 생명체 대신 내 뜻과 욕망대로 할 수 있는 세계가 거기 있었다. 내게 필요한 아이템을 확인하고, 브랜드

별로 성능을 비교하고, 최저가를 검색하고, '구매하기' 버튼을 누르는 동안만큼은, 나는 투 두 리스트to do list를 착착 처리하며 가시적 성과를 내는 유능한 노동자였다. '○○을 살까요 말까요' 같은 맘카페 게시글을 읽으며, 육아용품을 매개로 세상과 연결된 기분을 느끼기도 했다. 육아용품을 쇼핑하는 순간만큼은 아이를 낳은 후의 지독한 혼란을 잊을 수 있었다. '다행히' 살 것은 끊이지 않았다.

혼란을 잊으려다가 더 큰 혼란을 맞이하기도 했다. 가격, 성능, 안전성을 비교하고 검증하는 과정에서 엄청난 지적 노동, 긴장, 피로가 생겼다. 그 정점은 유아차 쇼핑이었다. 평소 100만 원이 훌쩍 넘는 비싼 유아차를 부모의 허영이라고 생각했던 나도 유아차 광고를 보며 마음이 흔들렸다. 유아차 업체들은 '작은 흔들림도 신생아에게는 치명적'이라며, 흔들린 아이 증후군shaken baby syndrome을 방지하기 위해 자사 제품을 써야 한다고 홍보했다. 아이는 뇌 관련 진단명이 있었고, 대학병원 진료를 위해 종종 외출을 해야 했다. 튼튼하지 않은 저가 유아차를 타다가 머리가 흔들리면 어쩌지? 흔들린 아이 증후군이 위험하다는데…… 흔들린 아이 증후군이 무엇인지는 몰라도, 아이에게 뇌 손상이 일어날 수 있다는 말은 공포였다. '흔들린 아이 증후군'이 도대체 뭐길래. 공포감과 별개로 호기심도 일었다.

흔들린 아이 증후군은 "아이를 달래기 위한 방편이나 또는 아동학대의 일환으로 아이를 심하게 흔들어서 여러 장기에 손상을 일으키는 증후군"[11]이다. 이 증후군과 관련한 논문 중에서 유아차를 타다가 흔들린 아이 증후군이 발생했다는 보고는 한 건도 보지 못했다. 그도 그럴 것이, 흔들린 아이 증후군은 아이의 머리와 목이 채찍질처럼 순간적으로 빠르게 뒤로 젖혀졌다가 앞으로 돌아오는 흔들림이 20초 내에 40~50회 정도 있을 때 발생한다고 한다.[12] 이 정도 흔들림은 아동학대가 아니고서야 불가능하다. 튼튼한 유아차를 타면 아이가 좀 더 안정감을 느낄 수야 있겠지만 그렇지 않은 유아차라고 해서 흔들린 아이 증후군이 발생할 확률은 희박한 셈. 특정 유아차를 써야 흔들린 아이 증후군을 방지할 수 있다는 건 과대·과장 광고였다.

나의 유아차 쇼핑기는 오랜 검색과 흔들린 아이 증후군 공부를 거쳐, 아이 셋을 키운 지인의 유아차를 물려받는 것으로 엉뚱하게 끝…… 아니, 아직 끝이 아니었다. 유아차에는 유아차 종류만큼이나 다양한 액세서리의 세계가 존재했던 것. 유아차 커버, 가방걸이, 컵 홀더, 유아차 정리함, 유아차 모빌, 모기장…… 넘쳐나는 정보들 속에서 바람을 막아줄 유아차 방풍 커버와 유아차에 쇼핑백이나 가방을 걸 수 있도록 가방걸이 구매 완료. 물려받은 유아차를 어떻게 분리해 세척

해야 하는지 검색하고 세척까지 마친 후에야, 유아차 쇼핑은 마무리되었다.

'더 소비하라'는 전방위적 명령을 외면하는 것은 쉽지 않다. 《가부장제와 자본주의》의 저자 마리아 미즈는 "여성이 소비자로서 자신의 임무를 충실히 수행하도록 하는 것이 자본의 주된 전략"[13]이라고 말한다. 생산하는 사람이 있으면 소비하는 사람이 있어야 자본이 굴러가는 법. 자본은 가정주부 여성을 소비자로 겨냥해 가전, 가구, 생필품, 먹거리 등 수많은 상품을 개발·홍보해왔고, 이 "소비노동은 여성의 자유시간을 점점 더 많이 차지하고 있다".[14] 그러나 1986년에 《가부장제와 자본주의》를 쓴 마리아 미즈가 미처 몰랐던 것이 있다. 엄마인 여성을 대상으로 한 육아용품은 의학적 병명과 교육학적 이론을 내세워 소비를 부추기고, 이는 전문가가 아닌 이상 검증하기 힘들다는 것. 흔들린 아이 증후군을 방지해준다는 유아차, '다중지능이론'에 따라 구성했다는 영유아 학습지, '애착 육아'를 위해 필요하다는 아기띠…….

육퇴 후 쇼핑앱을 부유하는 사이, 결제 버튼 하나로 손쉬운 자기효능감과 연대감을 만끽하는 사이, 나의 시간도 어디론가 사라지고 있었다. 휴대폰의 밝은 화면과 쏟아지는 정보에 시달리던 뇌는 깊은 잠에 들지 못했다. 아는 엄마들과의 단톡방이 '유아차 뭐 살까요?', '기저귀 뭐 써요?' 같은 대화로 이어질 때마다, 비슷한 개월의 아이를 키우는 엄마들의 블로그가 육아용품 구매기로 가득 찰 때마다, '우리 시대의 육아=육아용품 소비'로 느껴졌다는 건 위로였을까, 위기였을까.

전지전능해지는 건
부모가 아니라 전문가

과학적 지식과 이론으로 무장한 육아가 시작된 건 그리
오래된 일이 아니다. 근대 이후 아동기에 대한 관심이 커지고
어린이가 나름의 욕구와 권리를 지닌 독립적 인격체로 간주
되면서 의식적인 육아의 지침들이 등장하기 시작했다. 사회
학자 엘리자베트 벡 게른스하임은 의학과 심리학, 교육학의
비약적 발전이 육아에 큰 변화를 가져왔다고 말했다. 의학의
발달을 통해 장애는 운명이 아니라 치료하고 교정할 수 있는
것으로 여겨졌다. 심리학과 교육학의 발달을 통해 유아기의
중요성이 강조되었고, 이 시기에 지원을 소홀히 하는 것은 아
이의 발전 기회를 빼앗는 것으로 인식되었다. 의학, 심리학,
교육학 등은 이렇게 말한다. '아이는 무궁무진한 가능성을 가

지고 있으므로, 아이의 결함을 교정하고 소질을 계발할 수 있다!' 아이가 "만들어질 수 있는 존재"[15]가 되면서 "의식적인 교육노동의 시대"[16]가 시작되었다.

아이가 만들어질 수 있는 존재라는 것은 양육자의 책임과 부담이 그만큼 커지는 일이었고, 엄청난 교육노동을 동반하는 일이었다. 아이의 장애를 교정하기 위해 아이 치료실 스케줄을 짜고 아이를 치료실에 데리고 다니면서도 스스로 관련 자료를 공부해 아이에게 적용하는 엄마들을 알고 있다. 아이의 소질을 계발하기 위해 아이가 어릴 때부터 수백만 원이 넘는 교구를 들이고 '엄마표 영어'를 실천하는 엄마들도. 아이를 재운 밤이면 발달 서적을 읽고 발달검사지 문항을 검토해 아이가 할 수 있는 것과 없는 것을 체크하던 나 역시, '아이는 만들어질 수 있는 존재'라는 덫에서 헤어나지 못했다.

하지만 아이가 만들어질 수 있는 존재라는 것은 희망이자 가능성이기도 했다. 의학의 발달이 아니었으면 살아남지 못했을 아이가 아닌가. 게다가 이른둥이로 태어났어도 좋은 환경을 제공하고 적절하게 개입해주면 만삭아와 다름없이 자랄 수 있다니 이 얼마나 기쁜 소식인가. 평범하게 태어났어도 부모의 관심과 노력으로 명문대에 보내거나 전문직을 만들 수 있다니, 아이 소질 계발에 관심이 많은 부모에게도 기쁜 소식이었을 것이다.

그런데 이상한 점이 있었다. 아이가 만들어질 수 있는 존재라면 그렇게 아이를 조물조물 만들어가는 부모의 영향력이 엄청나야 하는데, 현실은 다르게 흘러간다는 것이다. 아이를 낳은 후 아이의 건강, 성장, 발달에 관해 이야기하는 많은 전문가들을 만났다. 신생아과·재활의학과·소아정신과 교수, 물리치료사, 임상심리사 등의 직함을 가진 그들은 아이의 상태에 대해 평가하고 처방을 내려주었다. "발달을 위해 엄마가 다양한 자극을 주어야 해요." "엄마가 말 많이 걸어주세요." 내가 해야 할 일은 전문가의 말을 경청하고 따르는 것. 전문가들이 아이의 발달을 위해 가장 중요하게 여긴 건 엄마의 역할이었음에도, 노력하는 주체는 그들이 아니라 나였음에도, 내 삶에서 전문가의 발언은 영향력이 점점 커지는 반면 나는 점점 줄어들고 작아지고 좁아지는 기분이었다.

진료실에서 느낀 묘한 기분을 그대로 재현하는 장면을 텔레비전에서 발견했다. 바로 채널A의 육아 솔루션 프로그램 〈요즘 육아-금쪽같은 내 새끼〉(이하 〈금쪽같은 내 새끼〉)다. "금쪽같은 내 새끼를 위해 가족이 변하는 리얼 메이크오버 쇼!"라는 소개 문구처럼, 이 프로그램의 궁극적 목적은 가족의 변화이고, 변화를 위해서는 문제의 원인이 밝혀져야 할 터. 이 프로그램에서 아동의 문제행동은 대부분 부모의 양육태도에서 비롯된 것이며, 부모가 양육태도를 바꾸거나 자신의 내면을 돌아볼 때 아이는 변한다. 부모의 양육태도에 큰 문제가 없다고 해도 부모가 아이의 기질과 상황에 맞게 말과 행동을 교정할 때 아이는 변한다.

'아이의 문제행동은 부모 때문이고, 그렇지 않더라도 부모가 노력하면 고칠 수 있다'는 이 메시지는 논쟁적이다. 한 사람의 부모로서, 나는 아이의 기질과 성향, 또래 집단과 사회의 영향 등을 고려하지 않은 채 부모의 영향력을 절대화하는 이 메시지가 가혹하다고 생각한다. 부모가 책임을 다하지 않았지만 자녀가 훌륭하게 자란 사례, 혹은 반대의 사례를 수 없이 댈 수 있다. 동시에 한 사람의 자녀로서, 부모와 자식이 얼마나 지독하게 얽혀 있는지, 한 인간이 자신의 부모가 미친 영향력을 덤덤히 바라보게 되기까지 얼마나 많은 시간이 필요한지 안다. 내가 양가적 마음 사이에서 번민한다면,《양육가설》의 저자 주디스 리치 해리스는 한 인간이 형성되는 과정에서 부모의 영향력은 생각보다 크지 않다고 단언한다. 그는 아이를 기르는 방식이 아이에게 결정적인 영향을 미친다는 현대인의 믿음을 '양육가설'이라 부르며, 양육가설로 설명할 수 없는 연구 결과들을 언급한다. 주디스 리치 해리스의 주장은 부모의 영향력에 대한 광범위한 믿음 역시 '진리'가 아니라 현대 심리학의 주류를 이루는 하나의 입장일 뿐이라는 점을 시사한다.

나는 아이의 문제행동이 과연 부모 때문인가를 검증하는 데 집중하기보다는, 이 메시지가 빠진 논리적 모순을 지적하고 싶다. 〈금쪽같은 내 새끼〉는 문제행동이 심각한 아이와 양육태도에 치명적인 문제가 있는 부모를 반복해 보여주면서, 부모가 아이를 창조할 수도, 파괴할 수도 있다고 강조한다. 하지만 묘하게도 프로그램 속 부모는 한없이 무력해 보인다. 그들은 시종일관 긴장한 모습으로 오은영 박사의 질문에 대답하고, 그의 분석에 고개를 끄덕이며 눈물을 흘리고, 솔루션을 받아 적는다. 오은영 박사는 진행자 신애라와 관찰 카메라를 보며 공감하는 정형돈, 장영란, 홍현희와 달리 유일한 전문가로서 프로그램 전체를 이끌어간다. 그는 시종일관 명쾌한 어조로 아이의 상태를 설명하거나 솔루션을 제시한다. 방송 프로그램이라는 특성상 짧은 시간 안에 가시적인 변화를 유도해야 하기에 솔루션이 드라마틱하게 연출될 수 있다는 사실은 중요치 않다.

이 텔레비전 쇼에서 부모는 아이에게 절대적인 영향력을 행사하는 존재이면서, 동시에 전문가 없이는 아무것도 할 수 없는 무력한 존재다. 왜 부모는 전문가의 도움을 받아야만 제대로 부모 노릇을 할 수 있는 걸까? 왜 부모의 역할을 강조할수록 부모가 아니라 전문가가 전지전능해지는 걸까? 아이가 만들어질 수 있는 존재가 되어갈수록 부모보다 전문가의 영향력이 커지는 이 모순은 〈금쪽같은 내 새끼〉가 빠진, 그리고 내가 빠진 모순이었다.

　과학적 지식으로 아이를 만들어가는 엄마 노릇에 허우적댈 때, 주위 사람들은 이렇게 말했다.

　"때 되면 다 해. '엄마, 아빠'만 말하거나 기저귀 차고 있는 어른은 없잖아."

　그러나 그들의 호의 섞인 말을 수긍할 수는 없었다. '엄마, 아빠'조차 말하지 못하는 어른, 평생 기저귀를 차는 어른이 얼마나 많은지 그들은 알지 못했으니까. 때 되면 다 한다고 무턱대고 믿을 수도 없지만, 아이와의 일상을 의식적인 교육노동으로 채우는 일도 힘겨웠다. 놀이인 듯 놀이 아닌 놀이를 계획하는 일도, 이를 위해 전문가의 말에 귀 기울이는 일도, 과학적 이론을 동원해 홍보하는 육아용품을 골라내는 일도. 회의와 불안으로 마음이 부대낄 때면 다짐을 반복했다. '아이에게 다양한 발달 자극을 위해 노력하되, 아이와의 시간을 즐기자.' 이 다짐은 마른 몸매에 풍만한 가슴 갖기, 완벽하게 아름답되 성형 티는 나지 않기, 열정적으로 사랑하되 집착하지 않기처럼 불가능에 가까웠다.

서리의 이야기
"애들이 제 노력을 배반함으로써
제가 해방되었죠."

서리는 나의 글쓰기 친구다. 2주에 한 번 마감을 정해 글을 쓰고 피드백을 주고받는다. 블로그 이웃이었던 서리가 글쓰기 모임을 모집했을 때 내가 냉큼 댓글을 단 것이 시작이었다. 서리의 글을 통해 알게 되었지만, 서리는 나와 비슷한 주 수에 조산을 했다. 30주에 태어난 쌍둥이는 각각 1.6킬로그램, 0.8킬로그램이었다. 쌍둥이, 조산, 1킬로그램이 넘지 않는 초극소 저체중아…… 이런 키워드를 가진 서리의 출산·육아 경험은 나와 얼마나 비슷하고 또 얼마나 달랐을까. 서리에게 직접 듣고 싶었다.

"수술실에 저는 없는 사람 같았어요."

임신 중기 정기검진을 갔는데 혈압이 너무 높은 거예요. 이런저런 검사를 하더니 임신중독증이라고, 서울에 있는 큰 병원에 가라고 하더라고요. 그래서 갑자기 서울에 있는 병원에 입원을 하게 됐는데, 이틀 후 아침에 의사들이 와서 한 시간 후에 수술을 해야 한다는 거예요. 정신없이 응급 제왕절개로 애를 낳았죠. 왜 이런 일이 벌어졌는지 설명을 들었던 건 제왕절개 후처치 하러 갔을 때, 그러니까 출산하고 2주에서 한 달은 지났을 때였어요. 그때 (교수님이) 지나가는 말로 딱 한마디 하시더라고요. 자궁 내 조직 이상이 발견되었다고.

서리는 왜 지금 출산해야 하는지에 대한 설명을 의료진에게 제대로 듣지 못했다. 내가 그랬던 것처럼. 의문을 품은 채 떠밀리듯 수술동의서에 사인을 했고, 그 과정은 석연치 않은 감정으로 남았다. 내가 그랬던 것처럼. 서리와 나의 출산 과정에는 다른 점도 있었다. 나는 전신마취를 해서 출산에 대한 기억이 전혀 없는데 반해, 서리는 하반신 마취를 했다. 그에게 출산은 온몸이 덜덜 떨릴 정도로 차가운 기억으로 선명히 남았다.

수술복을 입고 수술대에 누웠는데 너무 추웠어요. 수술대가 그렇게 차가운 줄은 몰랐어요. 무서워서 떤 건지 추워서 떤 건지 둘 다였는지 모르겠지만, 엄청 덜덜덜 떨었어요. 이 사람들은 너무 태연한데 저만 떨고 있는 이 상황이 부끄러워서 더 떨렸던 것 같기도 하고요.

제가 하반신 마취를 해서 정신이 멀쩡하게 깨어 있는 상태였거든요. 수술하시는 교수님이 오셔서 옆에 있는 의료진들하고 농담을 주고받으시더라고요. '점심을 뭐 먹을까', '어디 식당이 맛있다', '누가 거기 갔다 왔는데 별로라던데', 그런 이야기를 듣고 있는데 그 자리에 저는 없는 사람 같았어요. '내가 너무 긴장하니까 내 긴장을 풀어주려고 이런 말을 하나' 그런 생각도 했던 것 같아요. 좋은 쪽으로 생각하려고 굉장히 애를 쓴 거죠. 그렇게 하지 않으면 제가 너무 비참하니까.

서리는 "임신과 출산이 내 몸 안에서 일어나지만 스스로 통제할 수 없다는 걸 진짜 절절하게 깨닫는 과정"이었다고 말한다. 자신의 몸이 통제 가능하다는 믿음은 환상에 불과하고, 이 환상에서 벗어나는 과정은 누구에게나 필요하다. 하지만 그 과정이 이런 방식이어야만 했을까? 추위와 두려움과 부끄러움에 온몸을 덜덜 떨고, 자신이 '그 자리에 없는 사람'처럼 느끼는 방식이어야만 했을까? 출산이 의사가 관장하는 영역이 되기 전, 여성 조산사들은 출산을 앞둔 여성의 손을 잡고 두려움을 어루만져주었다. 그런 손이 수술대 위에서 덜덜 떠는 서리의 손을 잡아주었다면…… 나의 상상은 현대 의학기술 덕분에 서리와 나의 아이가 살아남을 수 있었다는 사실 앞에서 멈춘다. 서리와 나는 아이들을 살려준 의료진과 의료시스템에 고마움을 느끼지만, 그 과정에서 느낀 무력감에 몸서리친다.

"애들이 제 노력을 배반함으로써
제가 해방되었죠."

서리의 아이들이 각각 한 달, 두 달 만에 신생아중환자실을
퇴원해 집으로 돌아오면서, 서리에게도 '발달을 자극하라'는 명
령이 당도했다. 병원에서는 여러 번의 발달검사를 잡아주었고,
인터넷과 육아서에는 수많은 발달 정보가 가득했다. 서리가 자
주 참고하던 앱이 있었다.

○○라는 앱을 깔았는데, '몇 개월 아이 발달 정보' 이런 게
시기마다 푸시 알림으로 떠요. 그걸 보면서 우리 애 발달이
어느 정도인지 가늠을 하는 거죠. 발달 정보만이 아니라 집
에서 발달을 자극할 수 있는 방법, 상호작용을 효과적으로
하기 위한 방법 같은 걸 주기적으로 알려줘요. 그런 콘텐츠
를 클릭해서 보다보면 '나는 오늘 어떻게 했지' 하면서 저를
검열하는 거죠. 근데 '내가 저렇게 할 수 있을까' 생각해보면
못 할 것 같은 거예요. 애들 먹이고 씻기고 기저귀 가는 것만
도 죽을 맛인데 모래 놀이, 물감 놀이 시켜준다는 게 저는
정말 아득했거든요. 시터가 있거나 도와줄 수 있는 다른 어
른이 있었으면 모르겠어요. 저는 쌍둥이를 오롯이 남편이랑
둘이서 키웠고, 어떻게든 살아남는 게 목표였거든요.
(……)
발달 정보 보면, 터미타임Tummy Time(아기가 엎드려 있는 시간
을 의미하는 말로, 전문가들은 아기의 상체 근육 발달에 도

움을 주기 때문에 생후 30일쯤부터 하루 1~2회 시행할 것을 권장한다) 해주라는 말이 많이 있잖아요. 근데 저희 애들은 용을 심하게 써서 터미타임을 시킬 수가 없었어요. 신생아 때 분유를 먹이면 용을 쓰다가 다 토를 하고 그랬거든요. 그렇게 용쓰다가 토하는 애를 터미타임을 시키면 또 토를 할 텐데…… 시킬 엄두가 안 났어요. 그러니까 제 아이한테 적용하기에는 무리였던 거죠. 그런데 제가 어쩔 수 없이 터미타임을 시킬 수 없다 판단했으면서도, 흔들리는 거죠. 그때 내가 터미타임을 빨리 시켰으면 아이들이 발달이 더 빨랐을까? 목 가누기부터 출발이라고 하는데 출발선부터 늦어버린 건 아닐까?

모래 놀이나 물감 놀이를 시켜줄 여력이 없음에도 앱에서 주기적으로 날아오는 정보들을 보면서 찜찜해지는 마음, 터미타임은 할 수 없겠다 판단했음에도 뒤돌아보게 되는 마음, 그 마음이 익숙해서 만질 수 있을 것만 같다. 엄마의 선택과 실천이 아이의 발달에 엄청난 영향력을 미친다고 할 때, 엄마는 자신의 선택을 돌아보고 후회하게 되기 쉽다. 무언가 시켰다가 부작용이 생겨도 자신의 탓, 무언가 시키지 않았다가 자극을 받지 못해도 자신의 탓처럼 느껴지니까. 비장애아지만 여러 방면에서 발달이 느린 아이들을 키우며 서리 역시 이러한 후회에 빠지기도 했다. 하지만 서리가 '발달을 자극하라'는 명령에서 과거에 비해 자유로워질 수 있었던 건, 역설적으로 아이들이 자신의 노력에 따라와

주지 않아서였다.

저희 아이들은 계속 느렸어요. 그 느린 걸 참고 키워야 하는 상황이 길어지면서, 저는 혹독하지만 집중적인 레슨을 받은 거 같아요. '내가 노력한다고 해서 되지 않는 게 있구나' 그런 생각을 빨리할 수 있었던 것 같아요. 물론 저도 한글 빨리 뗐으면 좋겠고, 책도 좋아하면 좋겠고 (웃음) 그런 것들이 있죠. 그렇지만 아니어도 어쩔 수 없고, 아이들이 성인이 될 때까지 저는 옆에서 보조자로서의 역할만 잘하면 되는 거라고 생각해요. 저희 애들이 발달이 빨랐거나 노력을 했는데 효과가 있었으면, 저도 이렇게 생각을 못 했을 수도 있죠. 얘네들이 제 노력을 배반함으로써 제가 해방이 된 거예요.

**"문제가 있으면 문제의 원인을
어떻게든 찾아내려고 하잖아요."**

서리에게 "해방"은 임신과 출산, 육아가 자신의 힘으로 통제할 수 없다는 것을 깨닫는 과정을 통해 찾아왔다. 그걸 깨닫기까지 서리는 자신이 어쩌면 통제할 수도 있었을 가능성에 대해 오래 돌아보았다. '이렇게 했다면, 저렇게 했다면 조산을 피할 수 있지 않았을까?' 나 역시 빠져 있었던 늪이다.

아무도 저한테 '네가 뭘 어떻게 했길래 애가 이렇게 빨리 나왔냐, 작게 나왔냐' 이런 얘기를 하지는 않았어요. 근데 저는 현대 의학으로도 알 수 없는 원인을 찾아서, 혼자 행동을 검열했던 것 같아요. 하루에 커피 한 잔은 괜찮다고 해서 마셨는데, 커피가 문제였을까? 내가 너무 무리해서 많이 걸었나? 사우나가 문제였나? 제가 뭘 알고 망치려고 그런 것도 아닌데, 그냥 제 생활을 한 건데…… 생활했던 거 하나하나를 생각하게 되는 거죠.

이 시간을 괴롭게 거친 후에야, 서리는 조산이 자신이 어찌할 수 없는 일이었다는 것을 받아들였다. 아이들 역시 자신이 통제할 수 없는 존재라는 것을 받아들였다. 그러자 의문이 싹텄다. 아이의 발달이 빠르거나 느린 게 엄마 탓인가? 엄마라는 변인이 확대해석되고 있는 게 아닌가? 하지만 초등학교 교사인 서리가 엄마 입장에서 벗어나 교사 입장에 설 때, 그의 심경은 복잡해진다.

제가 엄마 입장에서는 누가 저더러 '애들이 이런 게 엄마 탓이다' 하면 튕겨버릴 수 있어요. 저희 애들만 해도 발달이 느린 게 제 탓이 아니잖아요. 그러니까 애가 뭘 잘못하면 엄마를 소환하는 게 부당하다는 걸 아는데, 교사 입장에서는 또 다르게 보이는 거예요.
학교에는 문제 학생이 있으면 '그 엄마랑 얘기해봤냐', '그 엄마도 똑같다', '그 엄마가 그러니까 애가 그 모양이지' 그런 식으로 이야기가 흘러가요. 저도 교사 입장에서 아이와 학부모를 볼 때는 아이와 학부모를 연결해서 보게 되고, 가끔씩 이해하기 힘든 학부모를 만나면 그런 생각을 더 하게 되는 거예요. 그러니까 강렬한 무언가가 고착이 되어 있는 거 같아요. 어떤 상황이 되면 자동적으로 생각이 흘러가게 되는? 항상 문제가 있으면 문제의 원인을 어떻게든 확실하게 찾아내려고 하잖아요.

가부장제 사회는 그동안 수많은 문제의 원인을 엄마에게서 찾아왔다. 과보호하는 엄마, 무관심한 엄마, 권위적인 엄마, 자녀와 친밀한 엄마…… 서리는 아이에게 엄청난 영향력을 행사하는 엄마라는 존재가 부풀려진 허상이라는 것을 안다. 아동의 변화를 목표로 하는 교육 현장일수록 엄마의 영향력이 부풀려지기 쉽다는 것도. 하지만 엄마에게 양육을 맡기고 나 몰라라 하는 가부장제 사회에서 이 허상이 실제가 되기도 한다는 것 또한 안다. 이 허상과 실제 사이에서 분열하는 서리의 모습은 나의 모습이기도 했다.

2부

공감하는 엄마가 되어라

안녕하십니까,
(나의 아이) 고객님!

아이의 발달로 전전긍긍하는 동안, 내가 만난 전문가들은 전공, 성별, 나이는 달랐으나 한 가지 공통점이 있었다. 하이톤의 명랑한 목소리로 아이를 대한다는 것이었다. 영유아 발달 증진에 대한 한 재활병원의 강의에서 강사는 이렇게 말했다.

한국 사람들은 표정이 다양하지 않고 반응에 인색한 편인데, 아기 앞에서는 구연동화 하듯이 다양한 표정을 지으며 상호작용해주는 것이 좋아요.

강사가 보여준 상호작용의 예시를 따라 하기는 조금 오

글거렸지만, 나 역시 아이를 대할 때면 목소리를 한 톤 높여 '수다쟁이'가 되었다. 때로는 아이가 사랑스러워서, 때로는 습관적으로, 대부분은 노력의 결과로.

"기특(태명)아, 이게 뭘까? (입 모양을 정확히 하며) 시!소!"

"……"

"시소에 언니 오빠들이 앉아 있네? 언니 오빠들이 재미있나보다 그치?"

"……"

"바람이 살랑살랑 불어서 기분이 좋네. 우리 기특이도 기분이 좋아?"

"……"

아, 내향형 인간에게는 쉽지 않은 일이었다. 더더욱 상대는 말 못하는 아기가 아닌가! 나 혼자만의 분투는 아니었다. 아이를 유아차에 태워 놀이터에 가면, 엄마들이 모두 하이톤의 비슷한 말투를 구사하고 있었으니까. 아이가 놀이기구에 탈 때마다 오버스럽게 칭찬하고, "기분 좋아?"라며 감정을 되짚어주고, 아이가 반응해주지 않아도 혼잣말을 계속했으니까. (아, 물론 모든 엄마가 그렇지는 않았다. 영유아기를 벗어난 아이들의 엄마일수록 아이가 다가올 때면 손을 내저으며 말했다. "가서 친구랑 놀아!")

코미디언 박세미가 분한 '서준맘' 캐릭터에게서 비슷한

말투를 발견하고 놀란 적이 있다. 유튜브 채널 '피식대학'의 '05학번 이즈 히어'에 등장하는 서준맘은 복합적이면서도 사랑스러운 캐릭터다. 서준맘이 딱 붙는 원피스에 손목 보호대를 착용하고 처음 등장했을 때, 나는 생각했다. '뭐야, 신도시맘 조롱하는 콘텐츠 아니야?' 최근 몇 년간 신도시 엄마를 '맘충'으로 비하하는 시도가 꾸준했고, 서준맘은 인터넷 밈으로 떠도는 신도시 엄마의 외형을 완벽하게 재현하고 있었다. 단순히 패션을 넘어, 외모에 관심이 많고 속물적이며 주변 사람들의 뒷담화를 좋아하는 캐릭터라는 점에서 그렇다. 그런데 서준맘은 '맘충'으로 프레이밍될 수 있는 특징을 감추지 않으면서도, 친화력이 좋고 솔직하며 미워할 수 없는 모습을 가지고 있다. 사람들은 '좋은 엄마'와 '맘충'이라는 이분법을 넘어, '한가하고 팔자 좋은' 중산층 전업주부라는 타자화를 넘어, 서준맘을 옆 동네 어딘가에 사는 사람처럼 친근하게 느낀다.

서준맘이 큰 인기를 얻은 배경에는 아들 서준의 시점에서 촬영한 서준맘의 일상 영상이 있다. 등원 준비로 바쁜 아침, 서준맘은 방금 감은 머리를 수건으로 말아 올린 채 아이의 양치를 시키면서도, 까꿍 놀이하듯 웃어주고 "아이고, 그랬어?"라며 반응해준다. 감기 걸린 아이의 열 보초를 서다 까무룩 잠이 들면서도, "우리 배서준이 아파도 돼!"라고 명랑하게 말하며 밝은 표정을 지어준다. 서준 시점의 이 서준맘 영상은 높은 조회수를 기록하며 많은 화제를 낳았다. 대다수의 댓글 반응은 "우리 엄마 생각나서 울 뻔", "서준이가 부럽다", "바쁜 와중에 서준이한테 웃으면서 신경써주는 게 너무 대단함" 등 자신의 엄마를 떠올리거나 서준맘의 엄마 노릇을 칭찬하는 것들이었다. 반면 나는 서준맘의 영상을 마음 편히 시청할 수 없었다. 저렇게 쉬지 않고 오버스럽게 표정 연기를 한다고? 양치질하는 저 짧은 순간에도 저렇게 웃어주고 반응해준다고? 저게 다 노동인데…….

서준맘의 육아 태도는 그의 높은 텐션에 기인하는 것이기도 하지만, 좋은 엄마에 대한 사회적 기대와 관련된 것이기도 하다. 대한소아청소년과학회 발달위원회는 이렇게 권고한다. 아기들은 단조로운 톤이나 어른 중심의 말보다는 톤이 높고 가락이 있는 아기 중심의 말을 더 잘 알아듣고 오래 기억하기 때문에, 부모는 아기에게 높고 밝은 목소리로 말하는 게 좋다고. 이 위원회는 이러한 권고를 뒷받침하기 위해, 단조롭고 어른 중심의 언어를 듣고 자란 아이들의 지능 발달이나 학습 성취도가 아기 중심의 언어를 듣고 자란 아이들보다 더 낮다는 연구 결과(!)를 인용하기도 했다.[17]

채널A 〈금쪽같은 내 새끼〉에서 오은영 박사는 엄마에게 화가 난 아이가 "야! 너!"라고 하는 문제에 대한 솔루션을 이렇게 제시한다. 아이는 흥이 넘치는 기질이므로 아이를 통제하고자 할 때 "너 뛰었지? 정리하자!"라고 하기보다 (높고 밝은 목소리 톤으로) "우리가 너~무 재밌어. 근데 바닥에 이거 밟아서 꽈당하면 아야~ 아야~ 하니까 우리가 치우기는 해야 하는데…… 알았다! 먼저 치우자!"라고 말하라는 것이다. 이러한 권고에서 하루 종일 높고 밝은 목소리로 말해야 하는 양육자, 특히 대부분 주 양육자로서 독박육아에 허덕이는 엄마의 입장은 고려되지 않는다. 매일 높은 솔 톤으로 "안녕하십니까, 고객님!"을 반복해야 하는 서비스업 종사자의 기분과 감정이 고려되지 않는 것처럼.

MBC 예능 프로그램 〈라디오스타〉에 박세미와 함께 출연한 배우 이미도는 서준 시점의 서준맘 영상을 시청하다 눈물을 보였다. "엄마들이 지치고 힘든데도, 이렇게 아이한테는 밝게 하려고 노력하거든요." 이 노력은 아이를 자신의 기분이나 감정에 좌우되지 않는 독립적 존재로 대하겠다는 윤리적 태도다. 그러나 이 노력은 양육자의 고유한 감정과 기질, 성향을 배제하고 높은 텐션을 기본값으로 만든다는 점에서 불가능한 과업이기도 하다. 나 역시 높고 밝은 목소리로 아이를 명랑하게 대하는 엄마가 되고자 했지만, 때때로 '현타'('현실 자각 타임'의 줄임말)를 느꼈다. 밝고 명랑한 말투가 내 몸에 맞지 않는 옷 같을 때, 나뿐 아니라 주위 엄마들의 말투도 어딘가 '연기'처럼 느껴질 때, '억텐'('억지 텐션'의 줄임말)을 끌어올릴 에너지조차 남아 있지 않을 때. 파워 외향형 서준맘 역시 육아에 지친 어느 날에는 나처럼 현타를 느끼지 않았을까.

절대 화내지 마라[*]

밝고 명랑한 목소리로 말하는 것 외에, 친절한 엄마라면 해야 하는 일이 또 있다. '절대 화를 내지 말 것.' 이는 육아 전문가들의 단골 멘트이기도 하다. 육아 전문가들은 성숙하게 자신의 정서를 다루는 어머니의 자녀들은 인기 아동으로 지목되고 유능한 아이로 평가받는 반면, 분노가 자주 표현되는 가정에서는 아이가 장기적으로 문제행동을 보일 가능성이 더 높다는 연구 결과를 언급하며 화가 나게 하는 머릿속의 믿음을 생각해보고 그것이 합리적인지 판단해보라거나 자신의

[*]   이 글은 《아이를 학대하는 사회, 존중하는 사회》(부추·형미·정은주 외, 민들레, 2022)에 실었던 글을 수정·보완한 것이다.

부모와 맺었던 감정을 이해하고 극복하라는 조언 등을 쏟아낸다. 아이에게 욱해서 화를 내는 건 아이를 재운 밤 엄마들이 가장 후회하는 일이기도 했다.

자주 화가 났다. 이 작은 존재는 어떻게 이렇게 많은 노동을 만들어내는 걸까. 삼시 세끼 차리고 먹이고 설거지하고, 놀아주고, 씻기고, 재우고, 치우고 닦고 또 치우고 닦고, 아이 옷과 필요한 물품을 사고 받고 처분하는 일들이 끝없이 반복됐다. 남편은 직장과 학업으로 늘 바빴고, 홀로 24시간 아이를 상대하는 일은 호락호락하지 않았다. 공들여 만든 이유식을 아이가 촉감 놀이하듯 문지르고 있을 때, 딱 15분만 자면 살 것 같은데 조금도 나를 가만두지 않을 때, 하루치의 에너지를 모두 소진했는데 아직 저녁 육아가 남았을 때 화가 치밀어올랐다. 미친년처럼 소리를 지른 날도 있었지만, 그보다 더 자주 휴대폰 앞으로 도피하고 냉담하게 말하고 한숨을 쉬었다. 이 아이를 전적으로 책임지는 존재가 나 하나뿐이라는 사실, 내가 굶기거나 못살게 굴어도 아는 사람 하나 없을 거라는 사실을 두려움 속에 곱씹었다.

어느 날, 육아종합지원센터에서 만든 '부모용 아동학대 예방교육' 영상[18]을 보았다. 이 영상에서는 실생활에서 부모가 아동 인권을 존중한 사례와 그렇지 않은 사례를 설명하고 있었다. 예를 들어, 아침에 깨워도 아이가 떼를 쓰며 일어나지 않을 때 아동 인권을 존중한 사례는 다음과 같다.

"하은아, 벌써 아침이 되었네. 엄마랑 기지개 쭉쭉 하면서 일어나볼까? 하은이 일어나서 엄마랑 밥 먹고 무슨 놀이 할까? 좋아하는 주방 놀이 해볼까? 하은이가 일어나기 힘들면 엄마가 안아줄게. 하은이가 일어나고 싶을 때 알려줘. 그런데 엄마 아빠가 회사를 가야 해서 하은이를 오래 기다려줄 수는 없을 것 같아."

반면 아동 인권을 존중하지 않는 사례는 다음과 같다.

"지금 안 일어나면 엄마 아빠 다 출근할 테니 너 혼자 집에 있어야 한다!"

아동 인권을 존중한 사례에서 하은 엄마의 말투가 지나칠 정도로 밝고 친절해서 놀랐지만, (너무 오글거리잖아요!) 더 놀랄 일은 따로 있었다. 이 동영상에 따르면, 나는 상시로 아이의 인권을 침해하는 '아동학대범'이었던 것이다. 떼를 쓰며 일어나지 않는 아이에게 결국 소리를 질렀던 수많은 아침이 떠오른다. 영상의 기획 의도에 따르면 나의 아침들을 반성해야 마땅하지만, 그보다는 의문이 피어올랐다. 부모가 24시간 말과 행동을 조심하고 친절을 유지하는 게 가능한가?

위의 영상에서 부모는 아이가 일어나야 할 이유를 구체적으로 명확하게 설명해줘야 하고, 어떠한 경우에도 위협이나 빈말을 하지 않아야 한다고 말한다. 영유아 또한 성인과 동등한 인격체이므로 표현의 권리를 존중하라는 것이다. 하지만 아이에게 표현의 권리가 있다고 해서 그 표현을 모두 들어줄 수 있는 것도, "구체적이고 명확하게 설명"해준다고 해서 아이가 단번에 수긍하는 것도 아니다. 흔히 이야기하듯 영유아는 기본적인 생활습관을 습득하는 시기이고, 전두엽이 온전히 발달하지 않아 종합적인 사고 기능이나 충동 조절이 미숙한 시기다. 기본적인 생활습관을 길러주려는 부모의 욕구는 충동 조절이 미숙한 아이의 욕구와 자주 충돌할 수밖에 없다. 아이가 좋아한다고 해서 매일 돈가스를 주거나 밥 대신 과자를 먹일 수도, 밤 늦게까지 놀도록 내버려둘 수도 없으니까.

그래서 부모와 아이 사이에는 수시로 갈등, 협상, 타협이 반복된다. 이 과정에서 간과할 수 없는 것은 아이가 지나치게 떼를 쓰거나 짜증을 내고 무례하게 굴면 부모도 기분이 상한다는 단순한 사실이다. 모든 관계가 그렇듯, 부모와 아이도 한쪽이 일방적으로 영향을 미치는 관계가 아니라 감정을 서로 주고받는 관계니까. 기분이 상했다고 아이에게 되갚을 수는 없지만 "어른이니 무조건 이해하고 참으라"며 부모의 기분을 무시할 수도 없다. 하루 24시간 혹은 12시간 이상을 아이와 붙어 있는 상황에서, 내내 화를 참거나 '친절하고 명랑한 연기'를 하는 것은 불가능하다.

《아이들은 어떻게 권력을 잡았나》의 저자 다비드 에버

하르드는 말한다. "온갖 형태의 감정이 나타나지 않도록 의식적으로 연기"[19]한다고 해서, 미묘한 느낌까지 똑같을 수는 없다고. 말과 행동을 조심하다 오히려 일관성을 잃을 수 있고, 일관성을 잃었다는 죄책감으로 아이에게 좌지우지될 수도 있다는 것이다. 그는 부모가 "최선을 다하는 한, 또 그것이 '충분히 좋은' 범주에 들어가는 한"[20] 죄책감에서 벗어나는 것이 오히려 아이들에게 더 큰 마음의 안정을 준다고 말한다. 결국 다비드 에버하르드는 부모가 24시간 친절을 유지하는 것이 가능하지 않을뿐더러, 그러한 노력이 오히려 부모와 아이 관계에 위험할 수도 있다고 말하는 것이다.

하은 엄마가 아무리 친절히 말해주어도 하은이는 계속 누워 있고 싶을 수도, 주방 놀이를 계속하고 싶을 수도, 오늘 하루 어린이집을 땡땡이치고 엄마랑 놀고 싶을 수도 있다. 출근 시간에 늦지 않게 아이를 어린이집에 보내야 하는, 1분 1초가 급한 하은 엄마가 그런 상황에서도 친절할 수 있을까. 영상을 본 후, 이 사회는 엄마를 밝고 명랑하며 절대 아이에게 화를 내지 않는 '로봇'처럼 여긴다는 기분을 지울 수 없었다. (하지만 로봇도 화는 낸다! 2023년 4월 뉴스에 등장한, 챗GPT를 활용한 휴머노이드 로봇은 "너 냄새 나"라고 놀리는 말에 미간을 찌푸리며 화를 냈다.[21])

더군다나 영상에 등장하지도 않는 하은 아빠는 도대체

어디 있는 걸까. 하은 엄마와 하은 아빠의 회사, 지역사회, 국가는 멀찍이 서서 '엄마가 아이를 존중해야지' 훈수 두면 끝인 걸까. 아동 인권이 대부분 주 양육자인 엄마에게 과도한 역할을 요구하는 기제가 된다면 이 아동 인권은 진보일까 억압일까. 여러 의문이 꼬리에 꼬리를 물자 아이를 재운 밤 맥주 한잔이 간절해졌다.

"그랬구나"라는
마법의 언어

　　밝고 명랑한 목소리로 말하라, 절대 화내지 말아라, 이 명령들은 공감하는 엄마가 되라는 명령의 일환이기도 하다. 공감은 이 시대 육아에서 가장 중요한 키워드다. 아이의 감정을 존중하고 이해하며, 공감하는 말하기를 통해 아이와의 관계를 회복하는 내용의 육아서가 최근 몇십 년간 쏟아져나왔다.

　　2011년에 국내 초판이 출간된 조벽·최성애·존 가트맨 박사의 《내 아이를 위한 감정코칭》은 아이의 마음에 공감하면서도 행동에 한계를 지어주어 바람직한 방향으로 이끌어주는 것을 목표로 한다. 공감하기와 한계 지어주기 중 먼저 해야 할 일은 아이의 감정에 공감하기다. 아이가 자신의 감정을 인식하고 그 감정이 받아들여지는 경험을 할 때 스스로 문제를 해결할 수 있는 힘도 생긴다는 것이다. 2004년에 국내 초판이 출간된 마셜 B. 로젠버그의 《비폭력 대화》는 육아법이라기보다는 삶의 철학에 가깝다. 하지만 육아에 적용할 수 있는 부분이 많고, 실제로 많은 육아서가 비폭력 대화의 아이디어를 차용하고 있다. 비폭력 대화의 '관찰-느낌-욕구-부탁' 모델은 상대방의 말이나 행동에 대해 평가하기보다는 관찰하고(관찰), 그것에 대한 자신의 느낌을 표현하며(느낌), 느낌의 근원인 욕구를 알아차리고(욕구), 표현하는 것(부탁)이다. 양육자와 자녀의 감정, 그리고 감정 뒤에 있는 욕구를 존중한다는 점이 핵심이다.

아이의 행동에 대한 한계를 어디까지 지어주는지 조금씩 차이는 있지만, 많은 국내 저자들의 육아서가 이러한 트렌드에 기반하고 있다. 박재연 소장의 《엄마의 말하기 연습》, 오은영 박사의 《어떻게 말해줘야 할까》 역시 쉽게 따라 할 수 있는 대화법을 소개하고 있다. 대화법의 핵심은 존중이다. 아이가 바람직하지 않은 말이나 행동을 하더라도 먼저 "그랬구나" 하고 아이의 감정에 공감한 후에 교육해야 할 바를 알려주어야 한다는 것이다. 공감의 중요성을 설파하는 육아서들의 소개글은 이러한 문장으로 가득했다. "부모가 자녀에게 물려줄 최고의 유산은 공감능력"(윤옥희, 《초등 공감 수업》, 메이트북스, 2020), "엄마의 공감이 아이의 평생 행복을 결정한다!"

(권수영, 《아이 마음이 이런 줄 알았더라면》, 21세기북스, 2021)

이러한 공감 육아에 대한 내 마음은 내내 삐딱했다. 그래, 공감능력이 중요한 거 알겠어. 근데 감정은 수용해주고 그 후에 한계를 그어주라고? 그냥 처음부터 한계를 명확히 설정해주는 게 애도 덜 혼란스럽지 않을까? 아니면 아이의 감정을 수용하고, 아이의 욕구와 나의 욕구를 조율하기 위한 대화를 하라고? 아이가 시끄럽게 소리 지르며 장난감을 치우지 않을 때 "이 방에 있자니 귀가 아프구나. 나도 즐거운 시간을 보내고 너와 함께 있고 싶으니까 여기 앉아서 어떻게 하면 다 같이 즐겁게 놀 수 있을지 이야기해보면 어떨까?"[22]라고 이야기하라고? 아이고, 그냥 "조용히 놀자"라고 말하면 안 되나?

의사소통이 지나치게 어렵고 복잡해진다는 의심을 거두더라도, 또 다른 의심이 남았다. 공감은 과연 대화법의 문제일까? 감정코칭을 배워온 엄마가 사춘기 아들의 공부 투정에 "그랬구나" 반응했더니, 아들이 "엄마 또 뭐 배워왔어?" 심드렁하게 대꾸하더라는 이야기를 들은 적이 있다. MBC 예능 프로그램 〈무한도전〉의 덕후라면, "그랬구나"라는 말에서 2011년 방영된 〈무한도전〉의 한 장면을 떠올릴 수도 있다. 무한도전 멤버들이 한 회사의 회사원으로 근무하는 '무한상사' 콘셉트에서, 무한도전 멤버들은 "그랬구나" 대화법을 통해 서로의 속마음을 전달하기로 한다. 서로의 눈을 마주 보고 손을 잡은 채, 상대방에게 서운했던 점을 이야기하면 상대방이 "그랬구나"라고 공감해주는 것이다. 여기서 박명수는 신발이 마음에 들지 않는다며 코디를 '쥐 잡듯 잡는' 정준하의 행동을 실컷 비난하고는 스스로 "그랬구나"라고 마무리한다. 상대방의 서운했던 이야기를 자의적으로 해석하거나 상대방의 이야기를 끊고 "그랬구나"를 남발하기도 한다. 이 장면은 공감의 언어를 의도적으로 반대 방향으로 활용해 웃음을 주지만, 피상적으로 공감의 언어만을 구사하는 현실을 보여주는 블랙코미디처럼 느껴지기도 한다.

두 일화는 "그랬구나"라는 공감의 언어가 대화법이나 스킬만의 문제가 될 수 없음을 보여준다. "그랬구나"라는 말 대신 사춘기 아들은 엄마가 실질적인 공부 부담을 줄여주기를 바랐을 것이고, 정준하는 박명수가 자신에 대한 인식을 바꿔주기를 바랐을 것이다. 공감은 내가 상대방의 욕구를 어느 정도까지 들어줄 수 있으며 내 욕구를 어느 정도까지 꺾을 수 있느냐는, 어떤 면에서는 '고도의 계산'이 필요한 과정이다.

하지만 오늘날 이러한 공감의 의미가 들어설 공간은 점점 줄어들고 있다. 소셜미디어 시대에 공감은 '좋아요' 버튼을 누르듯, 상대방에게 내가 관심이 있다는 것을 표현하는 것으로 근본적으로 바뀌었다. SNS가 바꾼 이 공감에서 중요한 것은 너의 입장과 생각, 감정이 아니라, 너에 대한 공감을 표현하는 나다. 게다가 공감 육아가 확산되는 것과 반대로, 더 어린 나이에 더 뛰어난 성과를 바라는 사회적 압박은 거세지고 있다. 하루 4시간 이상 교습하는 유아 대상 영어학원(일명 '영어 유치원')은 2022년 기준 811곳으로, 2017년(474곳) 대비 71.1% 급증했다.[23] 대세 걸그룹 뉴진스의 데뷔 당시 평균 나이는 16.4세, 아이돌을 준비하는 연습생들의 나이는 당연히 이보다 훨씬 어리다. 어린 연령대의 성과 경쟁이 점점 더 심해지는 사회에서 아이에게 공감하고 아이의 욕구를 존중하는 일은 점점 더 충돌을 빚는다. 우리는 이 근본적 충돌을 대화법으로 예쁘게 덮으려고만 하는 것은 아닐까.

공감의 의미가 점점 더 가벼워지는 사이, 공감 대화법은 육아의 세계에 국한되지 않고 어른들 사이에도 대세가 되었다. 상대방이 어려움을 토로할 때 공감하기보다는 해결책을 제시해주려는 이들에게 요즘 사람들은 이렇게 묻는다. "너 T야?"(MBTI 검사 결과 세 번째 알파벳이 사고형을 뜻하는 'T'Thinking야?) 왜 자신의 감정을 읽어주고 맞장구쳐주지 않느냐는 비난의 뉘앙스를 담은 이 말이, 이 글을 쓰고 있는 내 귓가에도 메아리쳤다. 그 메아리를 향해 나는 이렇게 외치고 싶었다. "그래, 나 T다. 어쩔래?"

자연주의 육아라는 환상

　　공감하는 엄마가 되라는 명령에서 나는 자주 경로를 이탈했다. 나에겐 아이의 발달을 자극해야 한다는 또 다른 명령이 있었으니까. 발달 자극을 위한 교육노동에 허덕이고 버럭하고 반성하고, 허덕이고 버럭하고 반성하기를 반복하는 와중에 내가 발견한 또 다른 세계가 있었다. 아이를 기르는 일은 아이가 단 하나뿐인 고유한 생명체임을 발견하고 인정하는 과정이기도 했다. 아이는 나의 쌍꺼풀 없는 눈, 남편의 툭 튀어나온 이마와 동그란 얼굴형을 닮고, 나와 남편에게 없는 까무잡잡한 피부를 가졌다. 엄마 아빠에게서 왔으나 누구와도 똑같지 않은 얼굴로, 콧잔등을 찡그려 다양한 표정을 만들어내며 자기만의 모습으로 자라고 있었다. 수박을 오물오물

빨며 눈을 반짝이고, 귤을 뱉어내며 얼굴을 찌푸리고, 섭집 아기를 불러주면 "음……"하며 노래를 음미하는 고유한 인간으로.

이 고유한 생명체는 '투입-산출'이라는 공식에 좀처럼 들어맞지 않았다. 아이는 발달검사지 문항을 연습해보려는 시도에는 좀처럼 따라주지 않았으나, 자신만의 속도와 방법으로 발달 과제를 해내고 있었다. '아이가 보는 앞에서 작은 장난감을 컵으로 덮고 감추면, 컵을 열어 장난감을 찾는다'는 과제를 연습시킨답시고 아이를 울리던 어느 날, 전기밥솥을 열다가 깜짝 놀랐다. 빈 전기밥솥에는 아이의 장난감이 가지런히 들어 있었다. 전기밥솥과는 어울리지 않는 내용물에 웃음이 나왔지만, 놀랍기도 했다. 언제 나 몰래 이런 놀이를? 통에 내용물을 담아 감춘다는 개념은 언제 어떻게 알게 된 걸까?

'투입-산출'이라는 공식에서 벗어날 때, 아이를 내 의도와 노력대로 조물조물 빚어내려는 부담에서 벗어날 때, 나는 아이와 존재 대 존재로 만날 수 있었다. 목적 없이 상호작용하고, 조건 없이 웃고, 이유 없이 아이의 생명력에 감탄했다. 그러나 발달 지표로만 아이를 판단할 때, "발달이 좀 느린 편"이라는 의사의 말이 내 안에서 반복 재생될 때, 아이는 대체 불가능한 존재가 아니라 성과를 만들어내야 하는 대상이 되었다.

"내가 원했던 건 이런 육아가 아니라고!" 머리를 쥐어뜯을 때, 내가 그리던 육아는 어떤 것이었을까? 나는 아이를 임신한 후 '자연주의 출산' 카페에 가입한 적이 있다. 이 카페는 자연주의 출산에 대한 정보를 공유하는 곳이었으나, 회원들은 출산 후에도 관심사에 따라 공동육아 모임, 책 모임 등을 꾸리며 지속적으로 교류하고 있었다. 이 카페 회원들에게는 놀랄 만큼 비슷한 생의 경로가 있었는데, 자연주의 출산에서 시작해 모유 수유·천 기저귀·유기농 식단 등을 거쳐 공동육아 어린이집이나 발도르프 어린이집을 보내고 대안학교·혁신학교·귀촌 등으로 안착하는 경로였다. 뭐지, 이 친숙한 느낌은?

내 주위에는 선행교육과 입시교육보다는 아이가 행복한 성장기를 보내는 것과 아이가 살아갈 세상이 더 나아지는 것에 관심을 두는 엄마들이 많았다. 내가 일하던 단체의 주축을 이루던 이들도 이런 엄마들이었다. 단체에 행사가 있을 때마다 이들은 화장기 없는 얼굴에 우리 단체 혹은 생협, 지역의 교육공동체, 녹색당, 탈핵 관련 네트워크의 로고가 박힌 에코백을 메고 씩씩하게 등장했다. 이들 대부분은 '자연주의 육아'를 실천하며 생협에서 유기농 식재료를 구입하고, 사교육 대신 아이를 자연 속에서 뛰놀게 하며, 에코백을 메고(물론 무분별한 에코백 굿즈 남발에 대한 문제의식도 가지고 있으면서) 대안교육운동이나 환경운동, 지역공동체운동의 주축으로 활동했다.

내가 자주 만난 엄마들의 얼굴을 2022년 한 텔레비전 드라마에서 목격했다. JTBC 드라마 〈그린마더스 클럽〉에서 배우 장혜진이 연기한 김영미다. 〈그린마더스 클럽〉은 초등 엄마 커뮤니티 안에서의 교육열과 관계망을 그린 드라마로, 극중 김영미는 아이 교육에 열을 올리는 엄마들과 대척점에 있는 캐릭터다. 김영미는 아이와의 정서적 교감을 중시하고 교육보다는 사람답게 살아가는 방법에 대해 고민하는 엄마다. '상깨모'(상위동의 깨어 있는 엄마들)라는 모임을 이끌며, 명품 가방 대신 '환경 워크숍에서 받아온 에코백'을 들고 다닌다. 그는 상깨모 엄마들과 학벌 차별 금지 시위를 하다, 아이의 담임으로부터 선행을 권유하는 전화를 받고 이렇게 묻는다. "선생님, 저는 일부러 안 가르쳤는데요?" 내가 만난 엄마들이 떠오르는 순간이었다.

자연주의 육아를 개인적 차원과 사회적 차원으로 거칠게 분류할 수 있을까. 자연주의 출산·모유 수유·천 기저귀·유기농 식단·공동 육아나 발도르프 어린이집·대안학교 등의 관심사를 가진 엄마들을 자연주의 육아의 개인적 차원으로 설명할 수 있다면, 대안교육운동·환경운동·지역공동체운동에 뛰어든 엄마들을 자연주의 육아의 사회적 차원으로 설명할 수 있을 것이다. 물론 두 차원은 명확히 나뉘지 않는다. 자연주의 출산 카페 엄마들의 삶의 경로가 증명하듯, 자연주의 육아를 개인적으로 실천하는 행위는 결국 사회적 차원으로 이어졌다. 내 아이를 경쟁교육에서 보호하려는 욕구는 교육 제도를 바꾸려는 움직임으로, 내 아이에게 질 좋은 유기농 식단을 먹이려는 욕구는 친환경 급식 조례를 제정하고 후쿠시마 오염수 방류를 반대하는 움직임으로.

나는 이들이 좋았다. 이들을 향한 사회적 평가는 '이 시대의 희망을 일구는 대안 세력'에서부터 '유난 떠는 예민맘'이라거나 '아이 공부 안 시키는 무책임한 엄마'까지 극과 극을 달렸지만. 아이를 낳고 기른 경험이 작고 여린 존재의 눈으로 세상을 바라보고 바꾸어가는 계기가 된다니, 멋지지 않은가. 나 역시 아이를 낳으면 그런 엄마가 되리라 생각했다. 아이의 성적이나 성취에 전전긍긍하기보다 아이를 있는 그대로 존중하는 엄마, 아이가 살아갈 세상에 해를 덜 끼칠 방법을 고민하는 엄마, 생명을 기른 경험을 바탕으로 잔혹한 경쟁과 기후위기의 대안이 되는 엄마. 고백건대 여기에는 엄마가 된 김에 지긋지긋한 유급노동의 책임에서 벗어나고 싶은, 그러면서도 사회적인 맥락에서 의미 있는 삶을 살고 싶은(그리고 그렇게 보이고 싶은) 열망도 조금은 있었다.

하지만 막상 엄마가 되고 나니 자연주의 육아가 나를 밀어내고 있었다. 출산이라는 첫 단추부터 잘못된 것이었을까?

자연주의 출산은 내 주위의 출산을 앞둔 여성들이 한 번쯤 고려하는 선택지였다. 회음부 절개·관장·제모라는 '굴욕 3종 세트' 없이 편안한 분위기에서 원하는 자세로 진통과 출산을 할 수 있기 때문이다. 촉진제나 무통주사 등 의학적 개입을 최소화한 채, 의료진이 아니라 산모가 주체적으로 출산을 이끌어간다. 자연주의 출산 카페에 가입할 때, 나 역시 내 인생의 중요한 사건에서 소외되지 않기를 바랐다. 하지만 출산 비용을 검색한 후 화들짝 놀랐다. 병원에서 자연주의 출산을 하는 비용은 일반적인 출산 비용의 4~5배에 가까웠기 때문이다. 게다가 산모나 태아에게 건강상의 문제가 있을 때, 산모가 오랜 진통을 감당할 수 없을 때 자연주의 출산에 실패하는 경우도 많았다. 나는 고위험산모실에 누워 '하루만 더, 하루만 더' 빌다가 질투심에 불타 자연주의 출산 카페를 탈퇴했다.

나는 자연주의 출산의 문턱에 걸려 넘어졌지만, 이 문턱을 넘은 후에도 크고 작은 문턱은 이어졌다. 애초에 자연주의 출산을 하고, 유기농 식재료로 만든 집밥을 먹이고, 아이를 공동 육아 어린이집이나 발도르프 어린이집, 대안학교에 보내는 일은 돈이 많이 든다. 사교육비를 덜 쓴다면 장기적으로는 그 돈이 그 돈인가 싶지만, 돈만의 문제는 아니었다. 제철 재료로 생협에서 장을 봐 '정성이 담긴' 저녁을 짓는 것도, 부모의 참여를 필요로 하는 공동 육아 어린이집이나 대안학교에서 수많은 회의와 모임을 감당하는 것도, 그만큼 자녀를 키우는 데 열의를 쏟을 시간과 에너지가 있어야 가능한 일이었다. 이쯤 되니 (개인적 차원에서의) 자연주의 육아는 돈과 시간, 에너지가 있는 소수만 가능한 일 아닐까 하는 의심이 싹텄다.

나의 의심에 대해 《야망계급론》의 저자 엘리자베스 커리드헬킷은 이렇게 답한다. 모유 수유, 애착 육아, 유기농 집밥, 그린피스 지지를 나타내는 범퍼 스티커, 농민 직거래 시장에서 장보기 등은 자신이 야망계급이라는 새로운 문화적 엘리트 집단임을 드러내는 문화적 기표라고. 이러한 실천은 도덕적인 것처럼 보이지만 사실 "시간과 여가가 풍부하고 이런 형태의 모성을 장려하는 문화적·사회적 집단에 속해야만"[24] 가능한 일이라는 것이다.

내가 생각하기에 자연주의 육아의 실천에는 계급적 조건 외에도 또 다른 조건이 필요했다. 아이가 비장애아여야 한다는 것이다. 아이를 낳은 후 만난 발달 전문가들은 자연주의 육아와는 상반된 이야기를 했다. 자연주의 육아관에서 편안함, 일관됨, 안정감을 중시한다면 재활의학, 발달심리학 등의 학문에서는 끊임없이 다양한 자극을 주어서 발달을 촉진할 것을 강조하는 식이다. 자연주의 육아가 시각적으로 화려하거나 청각적으로 시끄러운 공간과 장난감을 과한 자극으로 볼 때, 그 '과한 자극'에 완벽히 들어맞는 곳은 병원 재활치료실일 것이다. 아이의 속도를 존중하고 기다리라고 말하는 세계와 어떻게든 아이의 눈과 귀를 사로잡아 발달을 자극하라고 말하는 세계 사이의 간극이라니. 아이의 타고난 속도와 방향을 존중하는 교육은 비장애아에게만 가능한 걸까?

인위적인 개입보다 아이를 수용하며 기다려주고 싶다는 기대는 현실과 점점 멀어져갔다. 아이의 생후 돌이 다가오고 있었다. 아이는 네발 기기 자세도 아직 나오지 않은 상태. 어린이재활병원의 정기진료일, 아이의 발달 상황을 묻고 몸을 여기저기 만져보던 의사가 말했다.

"음, 대근육 발달이 늦긴 하네요. 재활 처방을 내려줄게요. 정상 범주이긴 하지만 이른둥이고 뇌음영이 있었으니까, 주 2회 물리치료를 받으세요."

치료에 매진해도,
치료를 게을리해도
죄책감이 드는 이유

발달 자극을 위한 교육노동의 '꽃'은 재활치료다. 재활치료는 이른둥이 엄마가 된 후에 처음 알게 된 세계다. 장애가 있는 사람이 최적의 기능을 성취하고 유지하거나, 장애가 없더라도 통증이나 외상 등으로 떨어진 기능을 회복하기 위한 목적의 치료다. 발달장애가 있거나 발달장애 위험이 높은 아이들은 발달을 자극하거나 퇴화를 방지하기 위해 물리, 언어, 인지, 놀이, 감각통합 등 다양한 재활치료를 받는다.

비싼 유아학원 같기도 하고(사설센터의 경우 시간당 5만 원에서 10만 원의 비용이 든다), 백화점이나 마트 문화센터 같기도 하고(감각통합치료는 문화센터의 오감 놀이나 체육 프로그램과 꽤 비슷해 보이기도 한다), 무시무시한 곳 같기도 한(물리치료를 받는 아이들은 자신의 몸을 결박당하는 불편함, 안 쓰던 근육을 사용해야 하는 고통, 낯가림 등으로 많이 운다) 이 소아 재활의 세계는 이른둥이 엄마들에게 유일한 희망이었다. 이른둥이 엄마 커뮤니티에서 재활은 마법과 같은 단어였다. 아이 뇌 손상을 걱정하는 글에는 "재활 잘 받으면 괜찮을 거예요", 발달이 느려 고민하는 글에는 "빨리 재활 시작하세요", 재활 처방이 났다며 두려워하는 글에는 "문화센터라고 생각하고 다니세요"라는 댓글이 달렸다. 교수들 역시 재활을 전가의 보도처럼 썼다. "발달이 느려도 재활 잘 받으면……", "아이의 가능성은 무궁무진하니 재활 잘 받으면……".

매주 두 번, 이른둥이를 대상으로 한 그룹 물리치료가 시작되었다. 서너 가정이 모여 물리치료사 선생님께 운동 방법을 배웠다. 허리 힘을 강화하는 방법, 올바른 네발 기기 자세가 나올 수 있도록 돕는 방법 같은 것이었다. 주 2회 물리치료를 받고, 치료실에서 배운 운동법을 집에서 연습시키는 일은 생각보다 쉽지 않았다. 자신의 몸이 제약당할 때마다 아이는 악을 쓰며 울어댔고, 아이를 힘들게 하고 있다는 생각이 들 때마다 나는 자괴감에 빠졌다.

어느 날 인터넷 검색을 하다 발달이 느린 아이를 키우는 엄마들의 커뮤니티에 접속하게 되었다. "크다/작다, 많다/적다 개념을 이해하지 못하는데 어떻게 가르쳐야 할까요?"라는 한 엄마의 질문이 올라왔다. 일상에서 반복적으로 알려주는 수밖에 없다, 아이가 좋아하는 장난감이나 간식을 이용해라, '크다'를 말할 때는 목소리를 크게, '작다'를 말할 때는 목소리를 작게 내서 가르쳐라, 크기 차이가 많이 나는 사물을 이용해야 헷갈리지 않는다,《돌잡이 수학》전집을 사서 계속 읽어 줘라, 집에서 잘 안 되면 치료실 스케줄을 늘려라…… 아이가 추상적 개념을 익힐 수 있도록 돕기 위한 노하우가 줄줄이 댓글로 달렸다. 엄마들은 아이의 발달을 돕기 위해 강도 높은 교육노동을 일상적으로 수행하고 있었다.

그런데 단순히 교육노동의 힘겨움을 넘어, 이 커뮤니티의 엄마들이 느끼는 독특한 어려움이 있었다. 자신이 노력하면 아이가 더 나아질 거라는 희망 속에서 아이 교육과 치료에 매진하면서도, 아이 발달에 더 신경쓰고 치료를 늘려야 한다는 부담감과 아이의 발달에 집중하느라 아이와의 시간을 즐기지 못한다는 죄책감 사이에서 괴로워했다. 치료를 게을리 할수록 아이의 가능성을 끌어주지 못하는 엄마가, 치료에 매진할수록 아이만의 속도를 부정하고 아이를 존재 자체로 바라보지 못하는 엄마가 되는 모순 때문이었다.

한국사회의 질병과 장애 경험에 대해 연구하는 장하원은 자폐증 아동의 어머니 경험을 연구한 논문 〈지적, 정서적 실천으로서의 어머니 노릇: 자폐증을 지닌 아동을 돌보는 어

2부 | 공감하는 엄마가 되어라

머니의 경험을 중심으로)(《아시아여성연구》 60권 1호, 숙명여자대학교 아시아여성연구원, 2021)에서, 자폐증에 대한 각종 정보와 지식을 체화한 과학적 모성의 실천이 자녀의 모습을 있는 그대로 인정하고 사랑하지 못한다는 점에서 어머니 정체성의 문제나 죄책감을 낳는다고 지적한다. 정도의 차이는 있지만 내가 느꼈던 혼란 역시 온라인 커뮤니티의 엄마들, 장하원이 만난 자폐 엄마들의 혼란과 비슷했다.

객관적 지표와 성과를 통해 아이를 바라보는 것은 아이의 고유한 세계를 있는 그대로 바라보는 것과 모순되어 있었다. 발달검사 문항에 매일수록 아이와의 시간은 과제가 되어 갔고, 발달을 끌어올려야 한다는 부담감에 조급해졌다. 그렇다고 의사가 말하는 수많은 가능성을 무시할 수는 없었다. 때마다 돌아오는 병원 진료와 발달검사, 재활치료를 거부할 수도 없었다. 발달을 통해 습득해가는 여러 기술이 삶에서 중요한 역할을 한다는 것을 장애에 대한 편견으로만 치부할 수 없었으니까. 영유아기는 발달에 중요한 시기이고, 뇌 손상 등의 이유로 아이 스스로 발달을 이룰 수 없다면 도움과 개입이 필요할 테니까.

아이의 속도와 모양, 고유한 세계를 인정하는 것이 양육의 본질에 가깝다 해도, 이러한 양육태도만이 '진정한' 것이라고 말할 수 있을까? 역사를 거슬러올라가면, 자녀의 감정적 요구에 반응하고 공감하는 자비로운 어머니상 역시 문화적으로 만들어진 것에 가깝다. 서구에서 '공감하는 어머니'상이 부상한 것은 제2차 세계대전이 휩쓸고 지나간 후다. 인간의 행동을 자극에 대한 반응으로 인식하는 행동주의 심리학에 대한 피로감, 애국적 순종에 대한 저항감이 확산되면서 전문 지식을 이용해 자녀를 양육하는 과학적 어머니상이 저물고 공감하는 어머니상이 떠올랐다. 엄마로서 가장 중요한 일은 아이의 감정적 욕구에 반응하고 필요를 채워주는 것이었다. 관대하고 따뜻하며 조화롭고 다정하게 아이를 돌보는 엄마의 이미지는 이 시기에 만들어졌다.[25] 과학적 어머니상도 공감하는 어머니상도 시대의 필요에 영향을 받은 것일 뿐 절대적이지는 않다.

내가 맞닥뜨린 혼란과 딜레마는 나만의 것이 아니었다. 발달장애나 발달장애 고위험군 아이를 키우는 엄마들이 아이의 발달을 끌어올리기 위해 매일 재활을 다니고, 아이의 성적을 고민하는 엄마들이 아이의 학원 시간표를 짜고 아이를 입시학원에 밀어넣으면서도 '아이를 너무 힘들게 하는 게 아닐까' 고민하는 것처럼. 이 혼란은 과학적 지식으로 아이를 목표에 맞게 만들어내라는 명령과 공감하는 엄마가 되라는 명령 사이의 간극이 빚어내는 보편적 모순에 가까웠다. 오늘날 엄마들은 두 어머니상 사이에서 이전보다 더 심한 마찰을 느낀다. 아이의 소질을 계발하고 장애를 교정할 수 있는 과학적 육아 지식도, 공감을 강조하는 자연주의 육아·감정코칭 등도 점점 더 촘촘해지고 견고해지고 있으니까.

그러면 나는 어떻게 해야 하나. 교육노동을 완전히 거부할 수도, 아이는 만들어질 수 있는 존재라는 메시지에 모든 것을 의탁할 수도 없었다. 둘 중 하나의 길을 영구 선택하는 것이 아니라, 내가 처한 상황과 조건 속에서 나만의 길을 매번 선택해가야 했다. 상반된 길 속에서 타협점을 찾고 길을 만들어가는 데는 많은 에너지가 들었다.

울림의 이야기
"염색체 이상을 어떻게 고쳐요?"

발도르프 교육과 재활치료 사이에서

울림의 둘째(인터뷰 당시 4세)는 다운증후군이다.[26] 울림은 첫째(인터뷰 당시 8세)를 자연주의 출산으로 낳았고, 첫째를 키우며 발도르프 교육(1919년 독일에서 시작된 대안교육의 일종으로 신체, 정신, 영혼의 조화로운 발달을 추구하고 노작교육, 예술교육 등을 중시한다)을 만났다. 그에게 발도르프 교육은 단순히 육아철학이 아니라, 인간의 삶을 해석하는 매력적인 세계관이고 자본주의적 세계에 대항하는 방식이었다. 발도르프 교육철학에 따라 과도한 자극을 주기보다 아이의 자연스러운 성장을 기다려주었으며, 산으로 들로 다니며 아이를 자연 속에서 키웠다. 둘째는 태어나자마자 여러 번의 수술을 받았고, 근무력증이 심해 재활치료를 필요로 했다. 첫째 육아와 둘째 육아, 발도르프 교육과 재활치료의 세계는 너무나 달랐다.

> 인큐베이터 나오자마자 재활 시작하는 친구들이 많아요.
> 근데 발도르프 교육에서는 아이한테 억지로 뒤집기를 시키
> 거나 세우는 것이 좋지 않다고 봐요. 아이가 충분히 준비가
> 되었을 때 자기 힘으로 뒤집을 텐데 억지로 하면 상처가 난
> 다는 거죠. 그래서 대학병원 재활 대기만 걸어놓고 아이가
> 편하게 지내게 두었어요. 8개월 만에 대기가 풀려서 재활의
> 학과에 갔더니 선생님이 그러더라고요. "아이를 그냥 집에
> 눕혀놓았나요? 절대로 그렇게 하면 안 돼요." 몸을 계속 움
> 직여 근육의 힘을 키워야 다음 발달로 넘어갈 수 있는데, 다
> 운증후군 아이는 호기심이 떨어지고 근력도 약해서 가만히
> 내버려두면 아무것도 하려고 하지 않는다는 거예요.

이제 울림은 둘째가 의도적으로 발달을 자극해야 하는 상
황임을 받아들이고, 주 5회 재활을 다닌다. 하지만 물리치료 시
간에 아이를 억지로 세우기 위해 자극적인 동영상으로 유도하
거나, 작업치료 시간에 정해진 테두리 안에 색칠을 반복하는 등
의 과정이 자신의 육아관과는 맞지 않다고 느낄 때도 있다. 둘째
를 발도르프 교육으로 키울 수 없다는 상실감, 모든 아이에게 적
용할 수 없다면 발도르프 교육이 그만큼 가치가 있는가 하는 의
구심은 그를 괴롭게 했다. 하지만 울림이 혼란 속에만 있는 것은
아니다.

저는 종교가 없는데, 발도르프 교육이 저에게는 종교처럼 삶의 지침이 되어주는 게 많았어요. 발도르프를 창시한 루돌프 슈타이너의 인지학 개념들, 설명들이 참 좋았거든요. 지금은 발도르프 교육에서 상처도 받았고 그것만이 옳다고 생각하지도 않지만, 좋은 점들을 잘 적용해보고 싶다는 마음은 여전히 있어요.

(……)

주 5일 재활을 다니고는 있지만, 재활에서 배운 걸 집에서까지 해줄 여력은 없어요. 손목도 아프고, 집에서만이라도 아이가 좀 편하게 있었으면 싶기도 하고…… 재활에서 배운 걸 (집에서) 시켜보려고 한 적도 있는데, 제가 계속 '저거 잘못된 자세인데', '눈이 또 몰리나?', '고개가 또 기울어졌나?' 하면서 아이를 교정의 대상으로 보고 있더라고요. 하루 종일 치료실에서 그렇게 지냈는데, 집에서까지 애를 그렇게 보면 아이가 잠시도 편하지 않을 것 같은 거예요.

그는 여전히 발도르프 교육의 일부를 삶의 지침으로 받아들이지만, 그것만이 정답이라고 생각하지 않는다는 점에서 발도르프 교육의 추종자만은 아니다. 여러 병원에 대기를 걸어놓고 대기가 풀리는 대로 재활을 다니고 있지만, '엄마가 치료사가 되어 집에서도 자세를 잡아주라'는 명령에는 거리를 둔다는 점에서 재활치료의 소비자만도 아니다. 발도르프 교육과 재활이라는 전혀 다른 세계 사이에서, 그는 각각의 한계를 인정하면서도 나름의 방식으로 두 세계를 조율하고 있다.

"염색체 이상을 어떻게 고쳐요?"

장애가 있는 둘째를 낳은 후, 그의 육아관은 많이 변했다.

저는 일에 대한 실패감을 육아로 보상받으려 했던 것 같아요. 첫째는 제가 하는 만큼의 결과가 보이는 애였거든요. 밥도 잘 먹고 발달도 빨랐어요. 식이 알레르기가 있었는데 집밥 열심히 해서 먹이고 매일 숲에 데리고 다니고, 일상을 촘촘히 계획해서 살았더니 알레르기가 나았어요. 내가 의도한 대로 되니까 육아 효능감이 컸죠. 대안교육에 관심 있는 사람들은 그만큼 교육의 힘을 믿고, 사람이 변할 수 있다는 걸 믿는 거잖아요? 저도 그랬고 지금도 그런 부분이 있긴 하지만, 둘째를 키우면서 사람이 그렇게 의도대로 만들어지지 않는다는 걸 알게 된 것 같아요.

울림의 사례는 발도르프 교육으로 대표되는 자연주의 육아 역시 '아이는 만들어질 수 있는 존재'라는 시대적 명령 안에 위치함을 보여준다. 성적이나 입시가 아니라 조화로운 발달을 목표로 한다는 점은 다르지만, 육아의 명확한 목표와 이에 대한 열정과 관심이 있으며, 엄마 역할을 강조한다는 점에서는 현대의 과학적 육아와 다르지 않다. 울림은 아이를 잘 만들어가겠다는 열망이 큰 사람이었으나, 둘째를 키우며 아이가 만들어질 수 있는 존재만은 아님을 알게 되었다. 육아를 향한 과도한 애씀을 멈출 수 있었고, 발달이 느린 둘째가 웃고만 있어도 숨만 쉬어도 고마운 감정을 느끼게 됐다. 그러나 그는 여전히 장애를 극복하는 것과 장애를 인정하는 것 사이에서 갈등할 때가 많다.

저한테 누가 그래요. 포기하지 말고 기도하라고, 기적은 일어난다고. 아니 염색체가 하나 더 있는 걸 어떻게 고쳐요? 그리고 난 포기한 적이 없는데요? 아이가 세상에 온 모습 그대로 큰 차별과 불편을 겪지 않고 살기를 바라는 거지. 그런 이야기를 들을 때마다 장애 극복 서사라는 게 얼마나 견고한가 싶죠.

근데 저도 정은혜 작가님(캐리커처 작가로 2022년 tvN 드라마 〈우리들의 블루스〉에 출연했다)이나 남상욱님(다운증후군 당사자로서 한국 최초로 보디빌딩 대회에 출전했다) 같이 잘 큰 다운증후군 성인을 보면, '저렇게만 크면 얼마나 좋을까' 하는 마음이 있단 말이에요. 저희 둘째는 병원에서 못 걸을 거라는 말을 많이 들었어요. 다운증후군 중에서도 근무력증이 심하고 발에도 문제가 많아서. 근데 얘가 37개월이 되어서 혼자 걷는 거야. 그 불안정한 발로 뒤뚱거리면서도 스스로 너무 좋아하는 거야. 어려운 상황에서도 스스로 해내려고 하는 모습에 저는 울컥했거든요. 근데 이것도 어쩌면 장애 극복 서사인 거예요.

앤드루 솔로몬은 《부모와 다른 아이들》에서 자녀의 질병이나 장애를 둘러싼 두 개의 허구가 존재한다고 말한다. 첫 번째 허구는 부모가 자녀의 질병이나 장애를 기적적으로 치료한 이야기, 두 번째 허구는 부모가 아이를 치료하려고 하기보다는 주어진 상황에 전적으로 만족하는 이야기다. 앤드루 솔로몬은 결말에서 부모가 자신과 다른 아이들을 수용하는 것의 손을 들어주지만, 각각의 구체적인 상황에서는 "치료와 수용을 병행"[27]해야 한다고 말한다. 치료하고자 하는 충동 혹은 수용하고자 하는 충동에만 이끌리기보다, 자신의 맥락 속에서 치료와 수용 사이의 복잡성을 외면하지 않은 채 사유해야 한다는 것이다. 울림의 갈등 역시, 장애 극복 서사와 장애 인정 서사를 자신의 삶 속으로 끌어오는 과정에 필수적인 것으로 보인다. 울림이 그 과정에서 가치로 삼은 것은 '사랑'이다.

저는 가치와 신념을 추구하는 성향이 강한 사람이었는데 지금은 오히려 흐릿해지고 있는 것 같아요. 판에 박힌 생각이라고 할 수도 있지만, 제일 중요한 건 사랑이라는 생각을 해요. 둘째 만나고 저는 그렇게 됐어요. 얘가 살아 있는 게, 우리가 사랑하는 게 제일 중요하다고…… 왜냐면 얘는 나한테 너무너무 큰 사랑을 주거든요. 무슨 치료를 다니고 어느 학교에 다니는 게 뭐가 중요하냐, 둘째는 그걸 알려주려고 온 아이 같아요.

그는 둘째 치료실을 오가면서도 자신의 일을 놓지 않기 위해 아침마다 싸는 여러 개의 가방을, 둘째가 갈 수 있는 유치원이나 어린이집이 없는 막막함을, 공무원조차 장애 지원정책에 대해 제대로 알지 못하는 아이러니함을 종종 SNS에 올린다. 장애아를 키우는 엄마로서 그가 처한 현실은 녹록지 않다. 하지만 나는 그를 피해자로만 그리고 싶지 않다. 그의 고유한 위치성에서 드러나는 사유가 얼마나 빛나는지 알고 있기 때문이다. 울림은 누구보다 열심히 엄마 역할을 했던 사람이지만, 지금은 엄마를 향한 요구가 얼마나 모순적이고 실현 불가능한지 안다. 발도르프 교육으로 대표되는 자연주의 육아와 재활치료로 대표되는 과학적 육아 모두 '아이는 만들어질 수 있는 존재'라는 명령과 엄마 역할의 강조에서 자유로울 수 없음을 안다. 장애 극복 서사와 장애 인정 서사, '왜 치료에 더 힘쓰지 않냐'는 사람들과 '왜 치료를 그렇게 열심히 다니냐'는 사람들 사이에서 질문을 던질 수밖에 없는 몸이 되었다. 울림은 두 세계가 교차하고 충돌하는 지점에 서서 자신만의 이야기를 그려낸다. 사랑이라는 펜으로.

3부

**자신의
어린 시절을
돌아보라**

치료가 필요한
'주요 우울군'입니다

　내가 과학적 지식으로 아이를 만들어가는 엄마, 공감하는 엄마라는 모순적 이상 속에서 홀로 뒹구는 동안 남편은 뭘 하고 있었을까? 그는 아무 생각이 없어 보였다. 아이에 대해 걱정할 여력이 없었고, 걱정하지 않으리라 작정한 것 같았다. 내가 알던 그는 일어나지 않을 일을 먼저 걱정하고 촘촘히 대비하는 쪽에 가까운 사람이었다. 그러나 아이 문제에 있어서만큼은 '긍정의 화신'이 되어 외쳤다. "우리 기특이는 잘 클 거야! 지금도 잘 크고 있잖아."

　그가 낙관할 수 있었던 이유는 내가 그만큼 걱정을 짊어지고 있었기 때문이다. ('걱정 총량의 법칙'을 아는가? 어떤 사안에 대한 걱정거리의 총량은 정해져 있다는 말이다. 누군가 걱정을 떠맡으면 다른 누군가는 상대적으로 걱정에서 자유로울 수 있다. 물론 내가 만든 말이다.) 그는 대학병원 진료 때마다 교수들이 언급하는 많은 가능성에 대해 직접 들어본 적이 없다. 재활치료를 직접 데리고 다니지 않았다. 아이와 24시간 함께하며 '버럭'과 '현타' 사이를 깊이 오갔던 적이 없다. 내가 걱정을 짊어지고 교육노동에 매진했기에, 그는 초연한 입장에서 걱정으로 가득 찬 아내를 위로하는 남편 역할을 할 수 있었다. 그의 위로에 기대기도 했으나, 그의 낙관은 당사자가 아님을 드러내는 표지처럼 느껴졌다.

의도와 목표에 따라 아이를 만들어가는 역할과 아이의 고유성을 인정하는 역할이 사납게 충돌할 때, 나는 이 충돌 상황을 조산 탓이라 여겼다. 조산만 하지 않았더라면 이렇게 실패감, 무력감, 불안감, 자괴감에 빠질 일은 없었을 거라고 생각했다. 그러게 나는 왜 조산을 해서! '아이가 잘 자랄까' 하는 불안에서 자유롭지 못할 때, 발달 정보 검색이나 육아용품 비교를 그만두고 싶을 때, 아이와의 시간을 조건 없이 즐기지 못하는 내가 한심하게 느껴질 때, 내 안에서는 재활의학과 교수의 질문이 울려퍼졌다.

"엄마는 왜 조산을 했을까?"

나는 왜 조산을 했을까, 도대체 왜, 왜……

조산의 원인에는 조기 진통, 조기 양막 파수, 자궁 경관

무력증, 임신 시 출혈, 산모의 생활습관, 유전적 요인, 감염, 자궁 기형, 다태 임신 등이 있다고 알려져 있다. 조기 진통의 원인으로는 자궁 내 감염이나 염증, 자궁의 과도한 팽만, 모체-태아 스트레스, 조기 자궁 경부 변화 등이 언급된다.[28] 나의 경우 조기 진통이 심했는데, 이 조기 진통이 내가 겪은 스트레스와 관련 있다는 혐의를 떨칠 수 없었다. 임신 당시 내가 일하던 비영리단체에는 임산부, 모유 유축이 필요한 동료, 투병 후 복귀하는 동료가 쉴 수 있는 휴게공간을 만들자는 논의가 있었다. 사무실 내 일부 공간을 휴게공간으로 사용하는 것에 반대하는 동료가 있었고, 나는 그가 반대하는 이유를 납득하기 힘들었기에 문제를 공론화하기로 했다. 그 과정에서 마주한 것은 내부 문제를 처리하는 동료들의 무능력이었다. 눈물, 분노, 좌절…… 입원 전의 일이다.

당시 일을 생각할 때면 동료들에 대한 분노가 치밀었지만, 나에 대한 후회가 더 앞섰다. 나는 어쩌자고 일을 크게 만들었을까. 왜 나는 태아의 건강을 최우선으로 생각하지 않았을까. 후회는 꼬리를 물고 이어졌다. 배 뭉침이 있을 때 일찍 병원에 가야 했는데, 자궁수축 억제제 맞는 것이 힘들다고 징징대지 않아야 했는데, 입원 기간에 마음을 강하게 먹어야 했는데…… '지금의 힘든 상황은 나의 조산 때문에 벌어졌고, 조산의 원인에는 나의 잘못이 있다.' 나는 이 생각의 회로에서 벗어나지 못했다.

'해야 했는데'와 '하지 말아야 했는데' 사이를 부유하는 동안, 나는 내 삶을 통제할 수 있다고 믿었던 시기로 돌아가고 싶었다. 시나리오의 한 부분을 지우고, 완전히 고쳐 쓰고 싶었다. 불가능한 일이었다. 낮이면 물고기 같은 입을 오물거려 우유를 먹고 오동통한 배로 바닥을 밀고 다니는 아이의 생명력에 감탄했지만 밤이면 잠이 오지 않았다. 책의 글자들이 눈에 들어오지 않았고, 간신히 노트북의 한글 창을 띄워도 몇 문장 이상을 쓸 수 없었다. 가족들은 말했다.

"산후 우울증 아냐?"

의학적 연구들은 엄마의 우울증을 산후 우울감, 산후 우울증, 산후 정신병 등 연속체적인 세 개의 범주로 구분한다. 산후 우울감은 대부분의 여성이 아이를 낳은 후 경험하는 우울한 감정으로, 대개 시간이 지나면서 자연스레 사라진다고 한다. 산후 정신병은 0.5% 미만의 여성들이 경험할 정도로 드물며, 환각과 망상을 동반한다. 산후 우울감과 산후 정신병 사이 어딘가에 위치하는 산후 우울증은 약 열 명 중 한 명이 경험한다고 알려져 있다.[29] 산후 우울감-산후 우울증-산후 정신병 사이, 나는 어딘가에 있었던 걸까. 잠을 이루지 못하던 어느 밤, 산후 우울증 자가 진단(한국어판 에딘버러 산후 우울 검사)을 해보았다.

'우스운 것이 눈에 잘 뜨이고 웃을 수 있었다.'

아니오.

'즐거운 기대감에 어떤 일을 손꼽아 기다렸다.'

그럴 리가요.

'일이 잘못되면 필요 이상으로 자신을 탓해왔다.'

그런데요.

'너무나 불안한 기분이 들어 잠을 잘 못 잤다.'

어제도 그랬는데요.

결과에 따르면 나는 치료가 필요한 '주요 우울군'이었다. 엄마의 산후 우울증이 적절히 치료되지 못하면 아이를 제대로 양육하기 어렵고 아기의 성장 발달과 엄마와 아기 사이 관계 형성에 악영향을 미치며 가족관계가 나빠질 수 있다는 설명[30]이 뒤따랐다. 우울한 상황에서도 엄마로서의 본분(?)을 생각하라는 협박처럼 들렸지만, 지금 상태에서 벗어날 방법이 필요한 것만은 사실이었다.

다만 나의 상태를 '산후 우울증'이라는 다섯 글자로 편하게 정의하고 싶지는 않았다. 엄마가 되는 과정에서 누구나 거쳐가는 혼란이라거나, 단순히 호르몬 변화가 만들어내는 생물학적 문제라고 생각하고 싶지 않았다. 산후 우울증의 실재하는 고통을 무시할 수는 없지만, 산후 우울증이라서 그렇다며 진단명에 의탁하고 싶지 않았다. 진료실에서 연신 굽혀지던 허리, "아이가 일찍 태어나서요"라고 말할 때 작아지던 목소리, 어떻게 발달을 촉진할까 검색창을 뒤지던 손, 큰 잘못을 저질렀다는 느낌이 끈적한 껌처럼 들러붙은 명치 끝, 나의 우울 뒤에 가려진 것들을 똑바로 바라보고 싶었다.

상담을 받아야겠어, 생각했다.

3부 | 자신의 어린 시절을 돌아보라

상담사의 질문

　'전문가'에게 상담을 받는 건 처음이었다. 먼저 취업한 선배와의 진로 상담, 애인에게 차인 친구와의 술자리 상담 같은 것 말고. 살면서 크고 작은 어려움을 겪을 때마다 내가 가진 관계망 안에서 고민을 나눠왔다. 나의 역사와 지향과 호불호를 아는 이들과 밤늦도록 이야기를 나누다 마음이 몽글몽글해지거나 결의에 차곤 했다. 관계망 안에서 해결이 어렵다면 책이 있었다. 내 고민을 앞서서 겪은 누군가의 책, 내 고민이 별것 아니라는 걸 깨닫게 해주는 책, 내가 아닌 다른 삶을 잠시나마 살게 해주는 책…… 그러나 지금은 상황이 달랐다. 누구를 만나도 온전히 이해받지 못할 것 같았고, '네가 내 마음을 알아?' 하는 뾰족한 마음만 솟았다. 평소 좋아하던 책들도 한 글자도 눈에 들어오지 않았다.

상담을 받아야겠다고 생각했지만 어떻게 시작해야 할지 알 수 없었다. 아무런 접점이 없는 사람에게 내 이야기를 털어놓는다고? 삶의 지향이 완전히 다른 사람일 수도 있잖아? '이상한' 조언을 늘어놓으면? 망설이던 내게 친구가 여러 곳의 상담소를 추천해주었다. 추천받은 상담소 중 집에서 가장 가까운 곳에 전화를 걸었다.

전화 속 목소리는 침착하고 부드러운 중년 여성의 것이었다. 그가 보내준 주소를 따라 상담소에 도착했다. 지하철역과 가까운 오피스텔의 기다란 복도 끝. 상담소 문 앞에 서서 애꿎은 시계만 바라봤다. 그날 이후 나는 매주 1시간씩 그곳에서 이야기를 쏟아냈다. 6년 만의 임신, 갑작스런 조산, 직장 동료들에 대한 분노, 아이의 발달에 대한 걱정과 염려를 지나 이야기는 늘 "내가 아이를 일찍 낳아서……"라는 자책으로 끝났다. 상담사는 충분히 불안하고 혼란스러울 수 있는 상황이라고 끄덕이다가, 가끔 질문을 던졌다.

"조산한 것이 설기씨 탓이라고 주변에서 비난하기도 했나요?"

아무리 생각해봐도 가까운 이들에게 비난의 말을 들은 기억은 없었다. 남편은 내가 조기 진통으로 입원한 내내 "일찍 낳으면 인큐베이터에서 키우면 되지 뭐" 하고 말했다. 아이가 태어난 뒤에도 인큐베이터에서 잘 커서 나올 것이라 철석같이 믿었다. 기질적 단순함인지, 혼란과 두려움으로부터 자신을 보호하는 기제인지 알 수 없지만, 어쨌든 그 믿음에는 나에 대한 비난이 싹틀 공간이 없었다.

이른둥이 엄마 커뮤니티에는 조산한 며느리를 비난하는 시가의 이야기가 심심찮게 등장하지만, 시가의 비난은 내게서 비켜갔다. 출산 소식을 듣고 달려온 시어머니는 내 손을 붙잡고 말했다. 남편의 쌍둥이 누나들을 임신 8개월 만에 낳아서 한 달 반 동안 인큐베이터에 있었다고. 마룻바닥에 쪼그려 앉아 아이들이 돌아오는 날만 기다렸는데, 그 뒤로 발바닥에 감각이 없다고. 너는 그러지 말고 조리 잘하라고. 이른둥이 엄마였던 시어머니는 누구보다 나의 고통을 이해하고 계셨고, 조금이라도 내가 속상할 만한 상황이 생기지 않도록 조심하셨다.

엄마 아빠야 말해 무엇할까. 엄마 아빠는 누구보다 나의 임신과 출산을 기대했지만, 딸의 건강이 1순위였다. 출산 전에는 입원생활이 힘들까 전전긍긍했고, 출산 후에는 산후조리사를 자처했다. 매일 면회를 다니는 딸이 산후풍이라도 걸릴까 애달파했다.

상담사는 다시 질문을 던졌다.

"주변 사람들이 네 탓이 아니라고 말해주는 것이 고마우면서도, 스스로는 왜 자신의 탓이라고 믿어요?"

그랬다. 나는 밤마다 '해야 했는데'와 '하지 말아야 했는데'를 반복하며 내 잘못을 되새김질하면서도, 주변 사람들이 내 탓이라는 뉘앙스를 비칠까봐 두려워하고, 내 탓이 아니라고 말해주면 고마워했다. 왜 그랬을까? 나는 아이의 건강과 발달을 염려해야 하는 상황이 조산 때문에 발생했고, 조산은 나의 잘못으로 일어났다고 믿었지만, 이면에는 다른 마음이 있었다. 나도 최선을 다했다고, 누구보다 아이를 지키고 싶은 사람은 나였다고 외치고 싶은 마음이었다. 조산을 바라거나 조산이 일어날 것을 예상하는 사람은 없다. 나 역시 그랬다. 나는 정말 아이를, 생명을 지키고 싶었다. '더 조심할걸' 후회는 되지만 예상하거나 통제하기 힘든 일들이었고, 온 힘을 다해 헤쳐왔을 뿐이다. 나를 탓하고 싶은 이면의 마음을 좀 더 알아주기로 결심할 무렵, 상담사는 또 다른 질문을 던졌다.

"죄책감에 취약한 것에는 더 깊은 뿌리가 있을 것 같은데요?"

죄책감의 '뿌리'라…… 나는 무언가 고백해야 하는 시간이 되었음을 직감했다. 성인이 된 후 끝없이 돌아보아야 했던 일, 누군가와 깊이 관계를 맺게 되면 "사실은 말야" 무겁게 입을 뗐던 일에 대해서 말이다.

죄책감의 뿌리를 찾아서

　언니는 스물한 살, 수능을 치른 밤 세상을 떠났다. 나와는 세 살 터울의 하나뿐인 형제였다. 언니는 어려서부터 공부를 잘했다. 언니에게 공부를 잘한다는 자아 정체성은 중요한 것이었는지 모른다. 성실했던 언니는 외고에 진학한 후에 조금씩 변했다. 공부에 대한 열의를 잃고 음악에 빠져 지냈으며 예전처럼 좋은 성적을 거두지 못했다. 대학에 진학한 후 언니는 다시 수능을 보겠다며 휴학을 했다. 그리고 수능이 끝난 다음 날 새벽녘, 경찰이 문을 두드리며 말했다.

　"마음 단단히 먹으세요."

　언니는 왜 세상을 떠났을까. 수능 결과가 좋지 않은 것에 상심해서? 생의 의미를 찾지 못해서? 조금씩 보여왔던 우울

증상이 심해져서? 자신을 이해해주는 사람이 없어서? 나의 질문에 답해줄 수 있는 유일한 사람, 언니는 유서 한 장 남기지 않고 떠났다. 언니의 죽음은 내가 줄곧 풀어야 할 숙제였다. 가장 확실했던 것은 언니가 입시교육의 피해자라는 것이었다. 나는 언니를 힘들게 했던 교육제도를 조금이나마 바꾸는 것이 나의 사명이라 믿었다. 교육학을 공부하고 교육 시민단체에서 교육정책을 변화시키는 일을 했던 건 그 때문이다. 언니가 생의 의미를 찾지 못한 '불쌍한 영혼'이라 느껴질 때는 영원한 의미를 약속하는 종교를 찾았고, 언니를 우울증 환자로 생각할 때는 심리학 서적에 빠져들었다.

'언니의 죽음과 같은 일이 반복되지 않았으면' 하는 마음을 삶의 동력으로 삼았지만, 언니의 죽음은 내 삶에 착 달라붙어 반복되고 있었다. 엄마 아빠에게 하나 남은 자식이라는 부채감, 누군가를 깊이 사랑하지 못하는 두려움, 각종 기념일이나 중요한 일정을 깜박하는 무감각…… 문제의 근원에는 늘 언니의 죽음이 있었다. 나는 20대의 많은 시간을 언니 이야기를 반복하고, 언니의 죽음이 내게 미친 영향을 분석하며 보냈다.

언젠가부터 나는 언니 이야기를 그만두었다. 괜찮아져서, 상처를 '극복'해서일까? 그렇지는 않았던 것 같다. 가족들과 있을 때는 언니 이야기를 어떻게 해야 할지 몰라 우물쭈물

했고, 새로 사귄 남자친구에게 언니 이야기를 시작할 때는 눈물부터 나왔다. 그래도 시간은 흘렀고, 또 다른 인생의 이야기들이 쌓이고 있었다. 언니의 이야기로 설명할 수 없는 내 인생의 이야기들에 이제는 집중하고 싶었다. 상담소에서 언니 이야기를 꺼내야 했던 순간 '아이고, 또?'라는 생각이 스쳤던 건 그 때문이었을 것이다. 그런데 잠깐, 왜 언니 이야기를 하며 또 울고 있는 거지?

상담소에서 나는 '언니 옆에 더 있어줘야 했는데, 언니가 외롭지 않게 지켜줘야 했는데' 후회하고 자책하던 열여덟로 돌아갔다. 나는 왜 언니가 죽음을 결심할 정도로 힘들어한다는 걸 몰랐을까. 사춘기 이후 서먹해진 언니에게 왜 먼저 다가가지 못했을까. 왜 외로웠을 언니를 혼자 두었을까. 갑작스레 언니를 잃은 상실감, 더 이상 언니를 위해 아무것도 할 수 없다는 무력함은 쉽게 자책으로 흘렀다. 열여덟의 나는 누군가를 지키기엔 너무 어렸고, 설사 성인이라도 누군가를 전적으로 지키는 것은 불가능한데도.

실제로 자살 유가족의 86%는 가족의 자살로 인한 죄책감을 경험한다고 한다.[31] 고인의 자살에 이를 예측하거나 방지하지 못한 자신의 책임이 있다고 생각하는 것이다. 자살은 쉽게 이해하기 힘든 사건이기에, 이해의 어려움이 유가족에 대한 비난('더 잘해주지 그랬냐', '왜 더 슬퍼하지 않느냐')으로 흐르는 경우도 있다.* 나는 비난의 말을 들은 기억은 없지만 '언니 몫까지 열심히 살라'는 요구, 언니의 자살을 고백할 때 놀라고 당황하는 눈빛들을 마주하곤 했다. 주변에서 이해받지 못한다고 느낄수록 더 외로웠고 수치심을 느꼈다.

상담사는 내가 과거의 경험으로 인해 죄책감에 취약한 사람일 수 있다고 했다. 죄책감은 무조건 몰아내야 할 부정적인 감정은 아니다. 죄책감에는 잘못에 책임을 느끼고 바로잡고자 하는 긍정적 측면이 있고, 나는 언니의 죽음에 대한 죄책감을 통해 내 인생을 목적 지향적으로 꾸려갈 수 있었다. 하지만 죄책감은 내 안에 똬리를 틀고 있다가, 내 탓이 아닌 일에도 내 탓임을 주장하곤 했다. 상담사는 내 탓이라는 익숙한 사고로 빠지려 할 때 '내가 죄책감에 취약한 사람이지' 하고 떠올리면 거리를 둘 수 있다고 했다.

나라는 사람이 나의 역사를 통해 만들어졌다면, 조산에 대한 죄책감 역시 나의 역사에서 기인한 특수한 것이라면, 죄

---

* 2019년 KBS 시사교양 프로그램 〈거리의 만찬〉 자살 유가족 편에 출연한, 남편을 자살로 잃은 한 유가족은 이렇게 말했다. "그런 말 많이 들었어요. 더 잘해주지 그랬냐는. 남편 장례식장에서 남편의 친구가 그러더라고요. '좀 더 잘해주지 그랬어요.'" 그 이야기를 들은 다른 자살 유가족도 비슷한 이야기를 했다. "가까운 분이 우리가 함께 모여 놀 때 사진을 찍었어요. 그 사진을 주겠다고 해서 만났는데 제가 인사를 하면서 좀 웃었나봐요. '어떻게 웃어요?' 그 말을 듣고 돌아와서 많이 울었어요."

책감을 당연하게 여길 필요는 없으리라. 이야기를 털어놓는 과정에서 한데 엉켜 있던 분노, 두려움, 걱정, 불안을 자책과 분리해 바라볼 수 있었다. 적어도 분노할 일에 대해서 죄책감을 가지지는 않기로 했다. '네가 내 마음을 알아?'라며 주위에 뾰족하게 굴었지만, 당시 나는 나의 이야기를 경청해줄 사람을 절실히 필요로 했다. 일주일에 1시간, 온전히 나 자신에게 집중해주는 사람에게 이야기를 쏟아내면서 마음이 편해졌다. (다음 내담자가 벨을 누르는 소리에 황급히 티슈로 눈물을 닦을 때는 민망했지만.)

한편으로는 언니의 죽음 없이 나라는 사람을 설명할 수 없다는 것에 무력감을 느꼈다. 언젠가는 언니 이야기를 하면서 더 이상 울지 않을 수 있을까? 나는 언제까지 언니의 죽음이라는 사건을 반추하며 살아야 하는 걸까? 무엇보다, 언니의 죽음으로 인한 죄책감으로 지금 나의 죄책감을 모두 설명할 수 있을까? 상담은 끝났지만 찜찜함은 사라지지 않았다.

자아의 근원에는
원가족과 내면아이가 있다?

개인의 문제를 원가족과 내면아이의 문제에서 찾는 것은 대중적인 상담 방식이다. 내면아이라…… 상담학에 관심이 없어도 어딘가에서 한 번쯤 들어봤을 단어다. 상담학 사전에서는 내면아이에 대해 이렇게 정의한다. "어린 시절의 주관적인 경험을 설명하는 용어로, 한 개인의 인생에서 어린 시절부터 지속적인 영향을 주는 존재다."[32] 존 브래드쇼는 《상처받은 내면아이 치유》라는 책에서 이렇게 설명한다. 사람들이 겪는 불행의 가장 큰 원인은 치유되지 않은 '상처받은 내면아이'에서 오며, 우리가 그 내면아이를 돌보지 않는다면 그 아이는 우리의 인생에 지속적인 악영향을 미칠 것이라고.

나로 말할 것 같으면 이 내면아이에 매료되었던 사람 중

하나다. 대학 시절, 기독교 동아리를 하며 각인된 장면. 수련회에 가면 모두가 가족 이야기를 하며 울었다. 좋은 대학을 다니든 그렇지 않든, 외모가 뛰어나든 그렇지 않든, 집에서 용돈을 넉넉하게 받든 알바와 장학금으로 생활비를 충당하든 누구나 자기 인생에 깊고도 지속적인 영향을 미치는 경험을 품고 있었고, 그 경험은 대부분 부모의 이혼, 가족의 죽음, 불화, 폭력, 차별 같은 것들이었다. 가족의 영향력은 깊고도 끈질기며, 성인이 되어서도 선연한 상처를 남기기도 한다는 걸 처음으로 깨달은 순간이다.

갓 20대가 된 우리는 상처 입은 존재였고, 그 상처를 통해 더 높은 무언가를 갈망하고 서로를 연민했다. 도무지 떨어지지 않는 입을 떼어 자신의 가장 약한 부분을 고백하고 그에 대한 서사를 만들어갈 때, 그 서사로 공감과 지지를 받을 때, 실낱 같은 해방감을 느끼기도 했다. 사람은 자신이 겪은 일을 반추하고 재해석해 이야기를 만들 때라야 그것의 영향력에서 조금이나마 벗어날 수 있다는 사실을 알게 되기도 했다. 당시 우리는 어린 시절 상처를 통해 자신을 분석하는 일에 열심이었는데, 자주 나눈 대화는 이런 것들이었다.

"나는 어린 시절에 ○○했던 경험이 있어서, 이런 문제를 어려워하는 것 같아."

(당시 우리는 MBTI에도 빠져 있었는데, "나는 INTP라서 이런 면

이 있어" 이런 분석도 함께 곁들였다. 벌써 20년 전 일이니 여러모로 트렌드를 앞서갔다!)

가족이 자아에 엄청난 영향력을 미친다는 아이디어의 기원에는 프로이트가 있다. 감정사회학자 에바 일루즈는 프로이트의 정신분석학이 우리가 자아를 이해하는 방식을 많은 부분 바꾸었는데, 특히 '자아는 핵가족을 그 기원으로 한다'는 정신분석학의 구상이 그러했다고 말한다. 과거에 가족은 자신이 속한 사회질서에 불과했지만, 정신분석학이 등장하면서 가족의 의미를 재구성하는 것이 자아의 내러티브를 만드는 데 더없이 중요해졌다는 것이다. 가족은 "자아가 시작되는 기원인 동시에 자아가 벗어나야 하는 멍에"[33]가 되었다.

에바 일루즈가 '치료 내러티브'라고 부르는 현대의 자아 내러티브는 일정한 틀을 가진다. 첫째, 자신에게 뭔가 문제가 있다는 것을 깨닫기. 둘째, 자신에게 무의식적 영향을 미친 유년기의 사건을 연결 짓기. 예를 들어, 남편이 물건을 제자리에 두지 않을 때마다 화가 나는 아내는 자신의 공간과 물건이 소중하게 대접받지 못했던 성장환경에서 문제를 찾는다. 아이와 연락이 되지 않으면 불안하고 초조해지는 엄마는 자신의 문제를 갑작스레 가족을 잃은 경험과 연결 짓는다. 치료 내러티브에 따르면, 원가족과 관련된 과거의 어떤 사건을 참조할 때라야 자신의 문제를 인식하고 해결을 모색할 수 있다.

상담소에서 만난 나의 이야기도 치료 내러티브의 틀에 꼭 들어맞는 것이었다. 내가 가진 죄책감이 필요 이상의 것임을 깨닫고, 그 죄책감의 원인을 10대에 겪은 언니의 죽음에서 찾는…… 이 내러티브는 1986년부터 방영된 미국의 〈오프라 윈프리 쇼〉에서 각종 텔레비전 드라마 속 주인공의 서사에 이르기까지 보편적으로 활용되었지만, 오늘날 우리 사회에서 가장 흔하게 마주할 수 있는 곳은 정신과 전문의가 등장하는 텔레비전 프로그램이다. 채널A 〈오은영의 금쪽 상담소〉에서 연예인 출연자들의 고민 상담은 부모의 이혼, 강압적인 부모, 학교폭력 피해 등의 과거 사건과 연결될 때가 많다. 결혼관계에서 어려움을 겪는 부부를 상담하는 MBC 〈결혼 지옥〉 또한 결혼관계의 어려움을 이해하는 데 부부 각자의 어린 시절을 중요하게 참고한다. 남편의 폭력으로 갈등을 겪는 부부의 사연에서는 남편의 폭력성의 원인을 엄격한 아버지 밑에서 자란 어린 시절에서 찾고, 딸이 싫다는데도 신체적 접촉을 하는 새아빠의 사연에서는 새아빠가 어려운 가정환경에서 받은 상처를 언급하는 식이다.

이런 내러티브가 확산되는 만큼 비판도 커지고 있다. 일찍부터 치료 내러티브가 발달한 미국이나 유럽에서는 '사회적 문제를 개인의 문제이자 심리의 문제로 탈정치화한다'는 비판이 지속적으로 제기되어왔다.° 한국에서도 자신의 어린 시절을 돌아보고 개인적 차원에서 어떻게 문제를 해결할 수 있을지에 집중하는 상담 방식에 대한 비판이 확산되고 있다. 이러한 방식이 자기계발의 가치에 손을 들어주고, 젠더 권력, 경쟁적 교육제도 등 개인을 둘러싼 사회구조 대신 문제를 해결하지 못한 개인에게 책임을 돌린다는 것이다.

　남편이 물건을 제자리에 두지 않아서 화가 난 아내의 문제는 그저 정리 정돈에 무능한 남편에게서 비롯된 것일 수 있다. 이 아내의 남편만이 아니라 대부분의 남편이 정리 정돈에 무능하고 둔감하다면, 이 남편의 문제는 가부장제 성별 분업의 문제로도 설명할 수 있다. 아이와 연락이 되지 않으면 초조해지는 엄마의 문제는 아동 대상 사건·사고가 늘어나는 사회적 현실과 관련이 깊을 수 있다. 고통에는 실존적 측면뿐 아니라 관계적 측면(남편의 문제), 사회적 측면(성별 분업 구조, 아동 대상 사건·사고의 증가)으로 해석될 수 있는, 혹은 그로도

❊　미국의 사회학자 제시카 M. 실바는 《커밍 업 쇼트》(문현아·박준규 옮김, 리시올, 2020)에서 노동계급 청년들이 노동시장의 유동성과 불확실성 속에서 자아의 성장과 감정 관리에 집중하며, 시장과 국가 같은 제도들이 행사하는 힘을 시야에서 놓치고 있다고 지적한다. 영국의 사회학자 프랭크 푸레디는 《치료요법 문화》(박형신·박형진 옮김, 한울, 2016)에서 사회학적 상상력이 쇠퇴한 결과 고통을 자신의 내부에서 비롯된 문제로 인식하고, 자존감, 스트레스, 신경증과 같은 심리학 용어로 정의하는 경향이 커지고 있다고 지적한다.

해석되지 않는 다양한 결의 이야기가 있다. 치료 내러티브는 다양한 결의 이야기를 하나의 틀에 가두고, 그 틀에서 빠져나간 이야기를 누락한다.

이 과정에서 생기는 예상치 못한 문제. 과거의 가족사로 자아를 설명할 때, 과거의 상처는 끊임없이 돌아보아야 하는 과제가 된다. 이 끝없이 샘솟는 우물 속에서 우리는 과거의 상처에서 영영 벗어나지 못하는 사람이 되는 건 아닐까? 자아의 고통을 없애기 위한 서사가 실제로 고통을 줄여주지 못하고 오히려 고통을 심화할 수 있다는 말이다. 과거의 상처로 자아를 설명하는 이야기가 반복될 때, 가족의 과거사가 끊임없이 돌아보아야만 하는 과제가 될 때, '자아의 성장'이라는 분명하지 않은 목표를 향해 쉼 없이 달려야 할 때, 그때도 치료 내러티브가 자아를 치유하는 이야기가 될 수 있을까.

육아문화가
치유문화와 결합할 때

　내가 몰입했던 치료 내러티브는 날카로운 부메랑이 되어 돌아왔다. 치료 내러티브에 몰입했던 20대, 나는 불행한 가족 서사의 피해자였다. 30대가 되자 주위에서는 하나둘 결혼을 하고 임신을 했다. 친구들이 부모가 된다고? 나도 언젠가 부모가 된다고? 낯설었다. 내가 가족을 꾸리고 아이를 낳으면 언제든 나도 가해자가 될 수 있다는 것이. 나는 진심으로 궁금해졌다. '사람들은 도대체 무슨 배짱으로 그렇게 쉽게 아이를 낳는 거지?' 급기야 어느 날, 임신 소식을 전한 친구에게 이렇게 물었다.

　"내가 아이를 낳고, 그 아이가 나의 한계 속에서 자란다고 생각하면 좀 두려워. 너는 그렇지 않아?"

채널A 〈금쪽같은 내 새끼〉에 자주 등장하는 멘트가 있다. "그런데 잠깐, 어머님의 어린 시절은 어떠셨는지 듣고 싶은데요?" 문제행동을 하는 아이가 아니라 부모의 양육태도에 문제가 있음을 지적하면서, 그의 어린 시절이 어땠는지 묻는 것. 엄마는 어린 시절의 상처를 이야기하며 눈물을 쏟고, 오은영 박사와 패널들은 성장 배경에서 비롯된 상처가 부적절한 양육태도를 낳았음을 알고 고개를 끄덕인다. 이러한 상담 방식은 '부모와의 애착관계는 반복된다'는 아이디어에서 비롯된다. 오은영 박사는 한 인터뷰에서 이렇게 말했다.

유명한 연구 결과들을 보면 만 12개월부터 만 3세 사이에 아이들은 애착을 형성하고, 그 패턴이 고정돼 개인의 삶에 반복되는 양상을 띤다고 합니다. 친구에게든 연인에게든 부모와 형성된 애착관계를 80~90% 반복한다는 거죠. 좋은 대물림이 아니라면 지금, 부모 선에서 끊어야 합니다. 먼저 나를 알아야 하고, '내가 부모와 편치 않았구나' 싶다면 자식을 대할 때는 뼈를 깎는 노력을 해야 하죠. 지금 서 있는 곳에서 각도를 1도만 틀면, 출발할 때는 차이를 구별하기 어렵겠지만 10년, 20년이 지났을 때 우리의 도착지는 굉장히 달라질 거예요.[34]

전쟁 후의 혼란 속에서 영아에게 주 보호자와의 관계가 중요하다는 것을 발견한 존 볼비John Bowlby의 애착 이론, 애착을 여러 유형으로 분류한 메리 에인스워스Mary Dinsmore Ainsworth의 애착 유형 등의 이론이 오은영 박사의 인터뷰에 겹쳐진다. 오은영 박사와 그가 따르는 학자들의 이론에 따르면, 어릴 때 부모와의 애착관계는 이후의 삶에서 끝없이 반복되므로 부모와의 애착관계만큼 중요한 것은 없다. 자신의 생애를 이해하기 위해서는 어린 시절 부모와의 관계를 돌아보아야 하고, 부모와의 관계가 건강하지 않았다면 자녀를 대할 때 "뼈를 깎는 노력"이 필요하다.

'어린 시절을 돌아보라.' 이는 심리상담 전문가만이 아니라 육아 전문가들도 자주 하는 말이다. 아이에게 화가 날 때, 아이와의 놀이가 힘들 때, 아이의 공부 습관과 성적에 집착하게 될 때, 아이의 친구관계가 걱정될 때, 엄마의 반응에는 어린 시절의 상처가 자리하고 있을 수 있으니 이를 돌아보라는 것이다. 한 부모교육 전문가가 쓴 《엄마가 되고 내면아이를 만났다》라는 책의 띠지에는 이렇게 쓰여 있다. "육아가 어렵다면 내면아이에게 길을 물어라!" (내면아이가 아니더라도 육아가 어려운 이유는 수없이 댈 수 있을 것 같은데……) 이제 내면아이와의 만남은 어린 시절의 기억에 고통스러워하는 소수의 사람이 아니라, 엄마라면 누구나 거쳐야 하는 필수 코스가 되었다.

오늘날 육아문화는 치유문화와 떼려야 뗄 수 없는 사이다. 〈금쪽같은 내 새끼〉는 단순한 육아 프로그램을 넘어 1020 젊은 세대까지 즐겨 시청하는 프로그램이 되었고, 오은영 박사는 국민 육아 멘토를 넘어 치유문화의 아이콘이 되었다. 치유문화는 치유 산업이 확대되는 가운데, 개인이 자신의 감정을 응시하고 마음의 상처와 우울을 극복하기 위해 심리상담, 치유서, 명상, 요가 등 다양한 치유 활동에 전념하는 현상을 말한다.[*] 미국의 경우 치유문화가 수십 년 전부터 광범위하게 자리잡았지만, 한국은 상황이 다르다. 10여 년 전까지만 해도 심리적 문제가 있을 때 정신의학과나 상담센터를 찾는 것을 망설이거나 쉬쉬하는 경우가 많았고, 행복이나 내면보다는 성공과 성취라는 가치가 지배적이었다. 치유문화는 자아와 사회를 인식하고 고통을 해석하는 틀이 개인의 내면과 심리를 통하게 되었음을 보여주고, 여기에는 분명 긍정적인 측면이 있다.

심리학은 그 탄생부터 육아를 주된 연구 대상으로 삼아

---

[*] 이 정의는 정승화의 논문 〈치유적인 것은 정치적인가〉(《페미니즘 연구》 14권 1호, 한국여성연구소, 2014)를 참고했다. 치유문화는 연구자에 따라 '치유적 담론therapeutic discourses', '치유적 문화therapeutic culture', '치유문화', '치료요법 문화therapy culture' 등 다양하게 불리지만, 여기서는 정승화를 따라 '치유문화'라고 부른다.

왔지만, 치유문화가 유행하면서 육아문화와 치유문화의 연결은 더욱 공고해졌다. 이 연결이 공고해질수록 육아는 더 복잡하고 어려워진다. 심리적 문제를 파악하기 위해서는 어린 시절 부모와 맺은 관계를 돌아보아야 하고, 부모와 맺은 관계가 그토록 중요하다면 부모가 된 이상 좋은 부모가 되기 위해 엄청나게 노력해야 하니까. 치료 내러티브의 필터 속에서 부모와의 관계가 건강하다고 단언할 수 있는 사람이 과연 얼마나 있을까? "뼈를 깎는 노력"을 한다고 해도 좋은 부모가 될 수 있을지 확신할 수 없고, 아이에게 평생의 상처를 안겼다는 원망을 들을까 두려워해야 한다면…….

게다가 치유문화의 소비자는 주로 여성이다. 전통적으로 돌봄을 제공하는 역할을 맡아온 여성들은 남성보다 관계와 감정의 문제에 세심하게 반응한다. 여성들이 자신이 당면한 문제를 해결하기 위해 치유문화에 열광할 때, 치유문화는 여성들의 문제를 해결해주면서 이렇게 속삭인다. "너 어린 시절 부모에게 상처받은 기억이 있지? 그 상처가 네 인생의 여러 부분에 영향을 미쳤지? 그런데 네 아이도 너에게 같은 상처를 받으면 어쩔래?" (그런 면에서 30대 초반 내가 가졌던 엄마 되기의 두려움은 시대를 앞서간 것은 물론이고, 매우 합리적이었다.)

나는 상담소에서 10대에 겪은 사건이 여전히 내 삶에 생생한 영향력을 미치고 있음을 인정해야 했다. 하지만 지금의 나는 열여덟의 나에 멈춰 있지 않고, 수많은 경험, 선택, 사유, 관계 속에서 변해왔다. 상담소에서 구성한 나의 이야기가 죄책감을 설명할 수 있는 유일한 이야기는 아니었다. 익숙한 방식이 아닌 다른 방식으로, 엄마가 된 후 맞닥뜨린 죄책감을 설명하고 싶었다.

달리기의 이야기

"엄마 양육습관을 돌아보라는 거야. 그럼 아빠는요? 사회는요?"

"내 아토피 고치고 싶어서 아이를 갖기로 했어."

교사, 아홉 살 일곱 살(인터뷰 당시 나이) 두 아들의 엄마, 달리기의 정체성에는 여러 면이 있지만 나는 그의 '사람 귀신'이라는 정체성을 좋아한다. 사람 귀신이라는 그의 별명에는 사람에게서 에너지와 배움을 얻는 것을 좋아하고 그들에게 자신의 애정을 표현하는 데 주저하지 않는 그의 성격이 함축되어 있다. 나는 독서모임에서 만난 그의 사람 귀신적 면모(?)에 홀려 어느새 친구가 되었다. 달리기의 두 아이는 비장애아지만, 어느 집이나 그렇듯 크고 작은 어려움을 겪어왔다.

내가 아토피 때문에 아이를 갖기로 했다는 건 얘기했었지? 한창 심할 때는, 가려워서 잠을 아예 못 자거나 (따뜻해도 아토피가 올라오니까) 차가운 바닥에서 2~3시간씩 눈 붙이고 그랬어. 아토피 치료하려고 대형 피부과, 대학병원, 한방 대학병원 다 가보고 별의별 방법을 다 써봤지만 효과가 없었어. 자살충동 때문에 우울증 약도 먹었어. 근데 한방 대학병원 교수가 그러더라고. 출산을 하면 체질이 바뀌면서 아토피 같은 질환이 사라지는 경우도 있다고. 그래서 애를 낳아야겠다고 생각한 거야.

그런데 첫째 낳고 나니 나는 증상이 많이 사그라들었는데, 애는 몸 곳곳에 동전 모양으로 피부질환이 생기는 거야. 내가 아토피 때문에 고통받았던 기억이 많으니까, '얼마나 괴로울까, 얼마나 가려울까' 하면서 감정이입이 되었던 것 같아. 거기다 아토피는 거의 유전이라고 하잖아. 그때 모유 수유, 집 안 청소, 소독 같은 것에 집착했었어. 나는 헌신적인 엄마 역할을 배울 기회가 없었는데도, 나도 모르게 그런 역할을 흉내내고 있더라고.

다행히 첫째의 아토피는 호전되었고, 달리기는 자연스럽게 죄책감에서 벗어나 '헌신적인 엄마 역할극'을 멈출 수 있었다. 엄마가 느끼는 죄책감이 당연한 것이 아니며, 헌신적인 엄마 역할만이 자신이 따라야 할 상이 아니라는 사실을 알게 된 건 시간이 더 지나서다.

수면교육, 과학적 육아의 또 다른 이름

달리기는 육아 효능감이 높은 사람이었다. 유명한 수면교육 책 《똑게육아》에 따라 첫째는 안아주지 않고 눕혀서 재우는 방법으로, 둘째는 다른 방에서 재우는 방법으로 수면교육을 했다. 두 아이의 수면교육에 성공하면서, 달리기는 육아를 하면서도 학교 일, 원고 집필, 교육부 연구 등에 매진할 수 있었다. 주위에서는 '어린아이 둘을 키우면서 어떻게 그렇게 많은 일을 하냐'며 신기해했고, 시어머니는 '어쩜 애를 이렇게 똑 부러지게 키우냐'며 칭찬했다. 스스로도 자부심이 컸다.

둘째 수면교육까지 성공하고 나니까 자기효능감이 엄청 컸어. '수면교육이 안 통하는 애는 없다. 나한테 다 데려와봐' 이런 마음이었지. (웃음) 근데 돌이켜 생각해보니 수면교육은 몇 가지 조건이 다 맞아야 가능했던 것 같아. 일단 집에 다른 양육자가 없어야 해. 그래야 수면교육을 하는 과정에서 발생하는 의견 마찰을 줄일 수 있고, 육아를 전담하는 사람이 '이게 아니면 나는 죽는다'라는 절박감을 가질 수밖에 없게 되거든. 내 남편은 매일 12시에 들어왔고 주변에 도움을 줄 수 있는 사람도 없었어. 혼자 어린아이 둘을 재울 방법은 없고, 아이가 몇 시간을 울더라도 나만 참으면 됐으니까 이게 가능했던 거야. 아이 둘이 당시에는 '꺾이는' 기질이었던 것도 한몫했을 거고. 지금이라면 절대 아니지.

MIT 경영학 석사 출신 엄마가 썼다는 《똑게육아》는 저자가 창안한 수면교육의 개념을 바탕으로 아이의 효율적인 하루 일과를 계획하기 위한 스케줄표, 스스로 잠드는 능력을 길러주기 위한 개월 수별 진정 기술 등을 안내한다. 이 육아서는 "육아 업무 인수인계서", "한때 일터에서 끗발 날렸던 업무 처리의 예리함과 자신감을 육아라는 분야에서도 되찾을 수 있을 것"이라는 홍보 문구에서 알 수 있듯, 과학적 육아의 정점에 서 있다.

《똑게육아》의 또 다른 홍보 문구는 "도심 속 독박육아를 구제해줄 현대판 친정"이다. 독박육아에 지친 양육자에게 똑게육아식 수면교육법이 실질적인 도움이 된다는 뜻이다. 사실 똑게육아식 수면교육법은 양육자의 고도의 주의와 계산을 요하며, 양육자 외의 변수가 없을 때 효과적이다. 양육자가 여럿이거나 변수가 많으면 정확한 스케줄표와 일관적인 수면교육은 불가능하기 때문이다. 달리기는 독박육아 때문에 수면교육을 시작할 수밖에 없었고, 독박육아 덕분에(?) 수면교육에 성공할 수 있었다. 독박육아를 문제삼지 않으면서 독박육아에서 살아남을 방법을 제시하는 똑게육아식 담론에서는 아무리 척박한 양육환경에서도 과학의 힘을 빌려 수월하게 아이를 키울 수 있다. 이러한 성공 담론이 유포될수록 수면교육에 성공하지 못하거나 육아를 힘들어하는 것조차 엄마 개인의 책임이 된다. 달리기의 시어머니가 달리기를 칭찬하며 자신의 딸(달리기의 시누이)에게 "얘(달리기)네 애들은 문만 닫아도 자는데 너는 왜 그렇게 애한테 절절매냐" 타박했던 것처럼.

둘째를 안 키웠으면 계속 그 효능감에 젖어서 살았을 것 같아. 둘째가 어린이집 가자마자 선생님한테 전화가 오기 시작했거든. (웃음) 너무 세게 놀아서 애들을 불편하게 하거나, 어울리는 친구 몇 명이서 같은 반 공간의 3분의 2를 다 쓰거나 한다는 거야. 첫째는 학교에서 완벽한 모범생 스타일인데, 반면에 긴장하고 눈치 보는 면도 있거든. 둘째는 사고도 많이 치지만 혼내도 마음에 담아두는 게 없고 금방 다시 신나서 애교를 부려. 똑같이 키워도 둘이 전혀 다르니, 내가 효능감이나 죄책감을 가질 일이 아닌 것 같아.

달리기는 수면교육에 성공하며 효능감과 성취감을 느꼈지만, 기질이 다른 형제를 키우며 육아에는 양육자의 몫 이외에 많은 변수가 있음을 알았다. 사실 달리기는 한 사람이 성장하는 과정에서 엄마의 역할은 클 수도, 크지 않을 수도 있음을 체험적으로 알고 있다. 자신의 어린 시절을 통해서다.

"내가 엄마의 사랑을 못 받아봐서 그렇다는 거야. 가족이 답답한 건 당연한 거 아냐?"

엄마의 가출, 일용직 노동자였던 아빠와 지독한 가난……
달리기의 유년기에는 치료 내러티브로 환원할 수 있는 이야깃거리가 많다. 그러나 달리기는 치료 내러티브에 관심이 없고, 자신의 유년기를 고통으로 회상하지도 않는다.

나는 친구가 많았어. 그것도 좋은 친구가. 자기 것을 아낌없이 주는 친구들이었거든. 남편도 어릴 때 집이 가난해서 친구들이랑 뭐 먹으러 가면 '배 안 고파' 하면서 혼자 안 먹었던 적이 많다고 하더라. 그 친구들은 그게 거짓말인 걸 정말 몰랐을까? 분식 먹으러 갈 때, '나 돈 없는데' 하며 우물쭈물하면 내 친구들은 '누가 너한테 돈 내래? 그냥 먹어' 하는 애들이었어. 기억 속에 내 곁엔 늘 친구들이 있었고, 필요한 게 있으면 자기가 쓰던 거라도 가져다주고 그랬으니까. 걔네들 덕분에 외롭다거나 비참해질 기회가 없었던 것 같아. 선생님한테도 예쁨을 많이 받았고.

달리기가 큰 결핍을 느끼지 못했던 것은 좋은 친구들과 달리기를 예뻐해주었던 선생님, 친척 어른들 덕분이었다. 달리기 주변에 좋은 사람들이 있었던 이유는 달리기가 "한국사회가 좋아하는 유형의 어린이"였기 때문인지도 모른다. "공부 잘하고 나서기 좋아하고 적극적"이었던 달리기는 어디서든 인정을 받았고, 그 인정의 힘으로 유년기를 보낼 수 있었다. 막상 달리기는 엄마의 부재를 크게 느끼지 못하고 자랐는데도 가정을 꾸린 후 남편은 이렇게 말했다. "네가 엄마의 사랑을 못 받아봐서……"

남편은 내가 가족과 시간을 더 많이 보내지 않고 친구나 공부모임만 찾아다닌다고 불만인 거야. '네가 엄마의 사랑을 못 받아봐서 가족에 대한 정이 없는 거다', '가족의 정을 못

느껴봐서 시가 어른들께 관심이 없는 거다' 이런 말을 자주
했어. 나도 예전에는 그럴 수도 있겠다 생각했어. 근데 여성
의 헌신으로 가족이 지탱되는 구조를 알고 나니까 가족 속
에서 느꼈던 답답함이 나만 느끼는 게 아니었네 깨닫게 된
거야.

독립적이고 자기표현이 정확하며 자신의 일을 사랑하는 달
리기의 삶의 방식은 남편에게 엄마의 부재로 인한 결핍의 증거가
된다. 치료 내러티브가 가족주의적인 삶의 방식에서 벗어난 것을
비난하기 위한 도구로 쓰이는 것이다. 달리기의 사례에서 보듯
"네가 어린 시절 이런 일을 겪어서……"라는 말들은 상대방을 이
해하기 위한 것을 넘어, 상대방을 간편하게 단정 짓고 사회적 평
균에서 벗어난 삶의 방식을 비난하기 위해 동원되기도 한다.

달리기는 "엄마의 사랑을 못 받아봐서"라는 말에 더 이상
흔들리지 않는다. 자신의 아이 역시 엄마와의 관계만이 아닌, 스
스로 의미 있게 여기는 관계들 속에서 에너지를 주고받으며 자랄
것이라 믿는다. 자신이 불완전한 어른임을 인정하지만, 완벽한
엄마가 되는 건 애초에 가능하지 않다고 본다. 그래서 엄마로서
뼈를 깎는 노력을 다하기보다는 아이 주위의 불완전한 사람들이
N분의 1 역할을 하도록 돕고 싶다. 그는 엄마의 역할을 유일무
이한 것으로 상정하고 엄마에게만 자아 반성을 요구하는 사회에
질문을 되돌려준다. 달리기가 마지막으로 들려준 이야기 속에는
내가 세상을 향해 던지고 싶은 질문이 있었다.

첫째가 틱 증상이 있었다고 했잖아. 내 피부염 때문에 한의원에 갔다가 지나가는 말로 선생님께 물어봤어. '아이가 요새 틱 증상이 심해지는데 어떻게 해야 할까요?' 선생님이 틱에는 심리적인 요인이 있으니, 엄마의 양육습관을 돌아보라는 거야. 내가 순간 울컥해서 물었어. "엄마의 양육습관을 돌아봐야 하면 아빠의 양육습관은요? 할아버지 할머니의 양육습관은요? 아이가 만나는 수많은 선생님과 다른 어른들은 돌아볼 것이 없나요?"

다 엄마 탓이다

내가 나를 못난 엄마로
만들고 있다고?

맘카페에서 검색어로 '죄책감'을 입력해보았다. 완분(완전 분유 수유)인데 아이가 자주 아파서, 나 때문에 말이 느린가 싶어서, 아이가 작아서, 둘째 때문에 첫째에게 신경을 많이 못 써서…… '죄책감'이라는 단어가 등장하는 상황은 끝없이 나타났다. 엄마가 죄책감을 느끼는 건 육아에서 크고 작은 어려움이 발생하는 거의 모든 순간이었다. '어머니 죄책감'으로 논문 검색을 해보았다. 발달장애, 희귀유전대사질환, 성조숙증, 자폐스펙트럼, 아토피 질환 등 대부분 아이에게 질병이나 장애가 있는 경우에 주목해, 엄마의 죄책감을 완화하고 육아 효능감을 높일 방법을 모색하고 있었다. 나열하기조차 어려운 수많은 상황에서 그러하지만, 아이에게 질병이나 장애가 있는 경우 엄마가 느끼는 죄책감은 더욱 크다.

웹툰 〈열무와 알타리〉는 쌍둥이를 조산한 작가 소소의 자전적 이야기를 다룬다. 소소는 뇌 손상으로 인해 지체장애가 있는 아들 열무의 입원 재활치료를 시작한다. 재활병원에는 사고로 심한 뇌 손상을 입은 고3 아들을 간호하는 엄마가 있다. 같은 병동 엄마들에게 이유 모를 히스테리를 부리는 그는 엄마들 사이에서 기피 대상이다. 그러던 어느 날, 그 고3 엄마는 자신의 잘못을 사과하며 '내가 일찍 오라고만 안 했어도 아들이 사고를 당하지 않았을 텐데'라는 죄책감을 고백한다. 같은 병동 엄마들은 그의 눈물에서 자신의 모습을 발견하고 이렇게 말한다.

"있잖아. 자식이 아프면 부모는 왜 항상 자기를 탓할까?"

엄밀히 말하면, 항상 자식이 아플 때 자기를 탓하는 건 부모 중에서도 엄마다. 아이가 아플수록 돌봄은 더 까다로워지고, 돌봄이 까다로워질수록 엄마가 이를 전적으로 도맡게 되기 쉽다. 아빠의 육아 참여가 높다 해도 죄책감, 불안, 자기분열과 같은 정신적 부담까지 함께 지는 경우는 많지 않다. 나는 〈열무와 알타리〉 속의 질문을 이렇게 바꾸고 싶었다. "자식이 아프면 엄마는 왜 항상 자기를 탓할까?"

물론 엄마의 죄책감에 대해 우리는 정답을 알고 있다. "죄책감 갖지 마세요. 당신은 이미 좋은 엄마입니다." 맘카페에는 '복붙'한 것 같은 이런 댓글이 가득하다. 죄책감으로 괴로워하는 엄마를 다독이고, 완벽하지 않아도 괜찮다는 메시지를 전하는 이 '예쁜' 문장은 그러나 공허하게 느껴진다. 죄책감을 가질 필요가 없는데도 왜 죄책감을 갖는지, '좋은' 엄마는 과연 무엇인지, 대답해주지 않는 말이기 때문이다. 나의 상담사와 같은 대답도 가능하다. "당신이 죄책감을 갖는 이유는 당신의 어린 시절에서 찾을 수 있습니다."

위 두 가지의 대답이 아니라면, 이런 '신박한' 대답도 있다. 《엄마 심리 수업》의 저자인 정신과 전문의 윤우상은 혼자 학원 가고 학습지 하고 동생 챙기는 아이에게 미안하다며 우는 워킹맘의 일화를 언급하며 이렇게 말한다. 자기 할 일을 스스로 잘하는 아이를 짠하게 보기보다 대견하게 여기면 된다고. 엄마가 죄책감을 가지고 아이를 짠하게 바라볼수록 아이가 "불쌍하고 짠한 에너지"[35]를 받는다고. 그는 죄책감을 가지는 엄마들에게 일갈(!)한다. "누가 당신을 못난 엄마라고 했나. 당신 자신이다. 내가 나를 못난 엄마로 만들고, 그런 냄새를 풍기고, 내 아이를 못난 아이로 만들고 있다."[36]

나를 못난 엄마라고 말한 사람은 아무도 없으며, 엄마의 죄책감은 스스로 만들었다는 것이다. 죄책감을 벗고 아이를 짠한 아이가 아닌 멋지고 대견한 아이로 인식할 때 아이도 건강한 자아 정체감을 형성할 수 있다는 것이다. 이 문장을 읽다가 외쳤다. "뭐야, 내가 그런 냄새 스스로 만들었어? 그거 아니잖아!"

물론 저자가 간파했듯이 "아이에게 문제가 있다 → 내가 잘못했다 → 벌을 받아야 한다 → 벌 받으니 마음이 편해진다"[37]는 죄책감의 프로세스는 자기 위로에 가깝고, 이를 알아차리면 죄책감에서 벗어나는 데 도움이 된다. 저자의 책은 죄책감과 불안으로 고통받는 이들을 돕고자 하는 선의로 가득했지만, 죄책감을 엄마 스스로 만든다는 메시지에는 동의할 수 없었다. 나 때문이라고? "조산에 대해 주변에서 설기씨 탓을 하기도 했나요?"라는 상담사의 질문에 그렇다고 답하지 못했지만, 나는 비난받는 느낌이 무엇인지 온몸으로 알고 있었다. 실제로 비난받고 있다는 느낌이 오늘 아침 식탁처럼 생생했다. 분명 대놓고 비난받은 적은 없는데, 내가 알고 있는 이 감각은 뭐지?

2019년 여름, 지적장애를 가진 여중생 조은누리양의 실종 사건이 있었다. 조은누리양이 건강히 돌아오기를 기도하며 인터넷 속보를 챙겨보던 나는 깜짝 놀랐다. 기사의 댓글은 은누리 엄마에 대한 비난으로 가득 차 있었다. 1톤 트럭이 지나갈 수 있는 큰길 500미터를 먼저 내려가게 했다는 이유로, 산을 아이 혼자 내려가게 하다니 제정신이냐고들 했다. 인터뷰에 응한 엄마가 침착해 보인다는 이유로, 엄마가 왜 울지 않느냐고 했다. 수색에 군부대가 동원되자 엄마 때문에 무더운 날 군부대 몇천 명이 고생하고 행정력이 낭비된다고도 했다. 아이의 생존을 걱정하는 마음이었다 해도, 아이가 치료실을 혼자 찾아갈 정도의 지적 수준이었다는 것을 몰랐다고 해도, 부모가 발달장애 자녀를 24시간 케어하는 것은 불가능에 가까우며 그 짐을 덜기 위해 국가시스템이 존재하는 것을 몰랐다 해도, 이해할 수 없는 비난이었다.

검색 끝에 아토피를 겪는 아이의 엄마('아토피 엄마')들이 마주치는 비난의 경험에 대해 연구한 국내 논문을 찾았다. 이 논문에 따르면 '아토피 엄마'들은 가족, 지역사회, 의료진에게서 아토피 발병 원인, 치료 방법에 대해 지적받으며, 일상적이고 지속적인 비난에 노출되고 있었다.[38] 이 논문을 통해 새롭게 알게 된 사실은 엄마에 대한 비난이 엄마의 유전자나 잘못된 양육태도 탓으로만 이뤄지지 않는다는 것이었다. 비난은 치료법에 대한 충고나 조언의 형태로도 나타날 수 있다. 뭐가 좋다더라, 아는 사람 누가 어디서 뭘 했는데 좋아졌다더라 하는 식의, 듣는 이는 결코 원한 적 없는 충고나 조언들 말이다. 이런 유의 조언이라면 나 역시 난임의 경험을 통해 조금은 알고 있다. "마음을 편히 먹으면……", "용한 한의원이 있는데……", "그 사람이 유명한 난임 의사라고 하던데……". 아무리 선의라고 해도 빨리 임신에 성공해야 한다는 의무를 상기시키는 말들, 아이를 낳지 않았다는 이유만으로 "공공의 감시 혹은 훈육에 노출된 느낌"[39]을 주는 말들.

해외 논문에 눈을 돌리니 더욱 다양한 모성 비난의 이야기를 찾을 수 있었다. ADHD, 섭식장애 등 자녀에게 질병이나 장애가 있는 경우뿐 아니라 자녀가 근친상간, 성폭력 등의 사고를 겪은 경우, 엄마가 시각장애인이거나 조산이나 임신성 당뇨 등을 겪는 경우 맞닥뜨리는 비난의 이야기였다. 모성비난의 경험을 연구한 학자들이 수집한 비난의 장면은 이런 것들이다. ADHD 아이의 짜증을 지켜본 남편의 한마디 "그래서 당신은 어떻게 할 셈이야?",* 공공장소에서 가만히 앉아 있지 못하는 ADHD 아이의 엄마를 힐난하는 듯한 주변의 눈빛,** 엄마가 합당한 의료적 처치를 했는지 추궁하는 듯한 의료진의 질문……*** 나는 국적도 인종도 시대도 제각각인 이

---

* "제이슨(아들)의 짜증이 진정되자, 그를 여동생과 함께 마당에서 놀도록 보냈어요. 그러자 남편이 제게 돌아서서 말했어요. '그래서 당신은 (이 일에 대해) 어떻게 할 셈이야?' 그때 저는 생각했어요. '내가 뭘 해야 하지?' 나중에야 생각한 건, 그에게 아들의 문제는 엄마로서의 나의 문제였다는 거예요." (Singh, I.,〈Doing their jobs: Mothering with Ritalin in a culture of mother-blame〉,《Social Science & Medicine》59(6), 2004, 1200쪽)

** "교회에 가면 아이가 가만히 앉아 있지를 못했어요. 사람들은 돌아서서 제가 아이를 어떻게 할 수 없을까 하는 식으로 저만 쳐다보곤 했죠. 제 남편도 바로 저기 앉아 있는데, 그들은 저만 보고 있어요."(같은 글, 1200쪽)

장면들에 밑줄을 긋고 이렇게 썼다. "이 기시감 뭐지? 내가 어제 겪은 일인가?"

✻✻✻ "아이가 습진이나 천식에 걸렸을 때마다 그들은 나를 비난했어요. 그들은 내 집 안 청소, 요리, 빨래 모든 것에 대해 추궁했어요. 아이가 아플 때 그들은 나를 믿지 않았어요." (Jackson, D. & Mannix, J. 〈Giving voice to the burden of blame: A feminist study of mothers' experiences of mother blaming〉, 《International Journal of Nursing Practice》 10(4), 2004, 153쪽)

나는 알고 있다,
비난받는 느낌을

　내가 비난의 느낌을 가장 많이 받았던 곳은 대학병원 진료실이다. 그곳에만 가면 나는 왜 위축되고 작아졌을까. 대학병원에서 진료를 받는 과정이 고단해서? 검사 결과가 좋지 않을까봐 두려워서? 병원은 원래 어렵고 힘든 곳이니까? 그것 때문만은 아니었다. 진료실에서의 짧은 시간은 교수와 나 사이 의료 지식의 격차와 권력의 위계를 실감하는 시간이었다. 아무리 오래 기다렸다 해도 교수의 충분한 설명을 듣기는 쉽지 않았고, 질문할 기회는 주어지지 않았다. 아, 사실은 교수가 권위적인 태도를 보이지 않아도 내가 먼저 알아서 공손한 태도를 취했다. 쫙 펴진 어깨를 동그랗게 말고 두 손을 모으고 '나는 지금 당당하지 않음'을 드러냈다. 그런 제스처라도 취해야 직접적인 비난을 면할 수 있을 것 같았다. 나 원래 이렇게 눈치 보고 설설 기는 캐릭터 아니었잖아, 왜 이래?

간혹 아이와 보호자에게 친절하게 대하고, 싫은 내색 없이 질문을 받아주는 교수도 있었다. 이들은 친절하고도 명랑한 음색으로 말했다.

"엄마가 말 많이 걸어주세요."

"엄마가 여기저기 많이 데리고 다니면서 발달 자극시켜주세요."

선의로 가득한 그들의 얼굴 앞에서 비난받고 있다고 느끼기는 쉽지 않았지만, "엄마가 …… 해주세요"라는 말들은 점점 나를 짓누르고 있었다. 잠이 오지 않는 밤에 검색하곤 했던 육아 정보 역시 마찬가지였다. 그 정보들은 아이를 키우기 위해 얼마나 다양하고도 섬세한 과업이 필요한지 나열하고 있었고, 과업의 주체는 늘 엄마였다. 아이의 성장과 발달은 엄마가 어떻게 하느냐에 달려 있었고, 엄마는 아이를 키우기 위해 존재했다. 자녀에게 엄마의 영향력이 그렇게 대단하다면, 자녀의 치료와 성장, 발달을 위해 엄마는 더 노력해야 하는 존재라면, 자녀의 질병이나 장애가 낫지 않거나 성장, 발달에 문제가 있는 것은 엄마의 노력 부족 때문이라고도 할 수 있었다.

함께 독서모임을 하던 친구들은 아이를 키우며 맞닥뜨

린 비난의 경험을 나눠주었다. 울림, 베리베리, 달리기는 의사, 치료사, 한의사, 교사 등 전문가 집단으로부터 받은 비난의 경험을 공유하고 있었다. 울림은 다운증후군 둘째를 키우며 의료진에게 '내가 잘못하고 있다'는 메시지를 받을 때가 많다고 했다.

매일 만나는 치료사들이나 의사들이 계속 '네가 충분하게 해주지 못해서'라는 메시지를 주죠. '엄마가 집에서 더 해주셔야 된다' 혹은 '엄마가 이거를 안 해줘서 이렇게 됐다'라는 말을 거의 매일 들으면서 사니까 효능감 같은 게 떨어져요. 오늘도 물리치료실에서 그래요. '어머님이 더 많이 걷게 해주셔야 돼요. 너무 부족해요.' 근데 손을 잡고 걸으면 애는 자꾸 이상한 데로 가고 위험한 데로 가는데, 그때마다 제가 휙 안아서 데려와야 하는데 그게 너무 힘든 거예요. 발달만 느리지 네 살 몸집이잖아요. 제 몸에 무리가 가니까 많이 걷게 하는 게 사실 힘들어요. 그런데 월요일에 치료실 가면 또 '주말에 많이 걷게 했어요?' 그런 얘기를 듣는 거죠. 그런 말을 하루에 많은 날은 세 명, 네 명한테…… 예전에는 그런 말 들을 때마다 울면서 운전하고 막 그랬는데, 지금은 그냥 (고개를 숙이며) '네. 네'.

그리고 그런 것도 있어요. 둘째가 선천적으로 영양 불균형이 심해요. 갑상선 약을 매일 먹고 피검사를 자주 하는데, 그럴 때마다 '밥을 어떻게 먹이고 있냐', '엄마가 방법을 찾아야지', '약 제대로 먹인 것 맞냐'…… 그러면 약 몇 번 빠뜨린 날이 생각나면서 '내가 그래서 수치가 안 좋았나?'

울림은 아이를 예뻐하고 염려해주는 의료진이 고마우면서도, 의료진이 엄마에게 아이의 문제에 과도한 책임을 지운다고 느낄 때 불편한 마음이 든다. 반면 베리베리는 각각 지적장애와 뇌병변장애가 있는 쌍둥이의 재활치료를 13년째 다니고 있지만, 의료진에게 비난받은 기억은 떠오르지 않는다고 했다. 오랜 시간 함께한 의료진과 신뢰가 쌓였을 수도, '엄마가 더 노력하라'는 의료진의 메시지를 베리베리의 표현대로 "하면 좋지만, 안 해도 어쩔 수 없다는 의미"로 받아들였기 때문일지도 모른다. 대신 베리베리는 비장애아 셋째와 관련된 일화를 들려주었다.

생각해보니 그런 일이 있었어요. 쌍둥이가 초등학교에 가면서 셋째가 같은 학교 병설 유치원에 다니기 시작했는데요. 집에서는 활발한 아이인데, 유치원에만 가면 말을 안하고 조용히 있는 거예요. 얘는 지금도 학교에서는 조용해요. 근데 유치원 선생님이 '애가 너무 말을 안 하는데,

엄마가 육아 방식을 돌아보셔야 하지 않을까' 하시더라고요. 선생님은 첫째 둘째의 상황을 알고 계시니까, 쌍둥이 케어하느라 셋째를 내버려둔 거 아닌가 생각하셨던 것 같아요. 제가 보기에는 제가 어릴 때 그랬던 것처럼 딱히 튀고 싶지 않고 선생님들한테 모범생으로 보이고 싶은 것 같은데……

"네 잘못 아니냐"는 비난은 "양육태도를 돌아보라"는 세련된 성찰의 말을 입고 베리베리에게 당도했다. 이미 최선을 다하고 있던 베리베리는 무엇을 더 돌아보아야 했을까? 계속 돌아보다가 소금 기둥(성경에서 소돔과 고모라를 빠져나오던 롯의 아내는 뒤를 돌아보다 소금 기둥이 된다)이나 돌(의림지 전설에서 부잣집을 빠져나오던 부잣집 며느리는 뒤를 돌아보다 돌이 된다)이라도 되면 어쩌라고? 엄마의 양육태도를 의심하고, 소금 기둥이나 돌이 될지언정 양육태도를 더 돌아보고 반성하라고 요구하는 말. 첫째의 틱 증상에 대해 한의사에게 문의했던 달리기도 들었던 말이다.

선생님이 틱에는 심리적인 요인이 있으니 엄마의 양육습관을 돌아보라는 거야. 다른 데서는 틱은 스트레스와 상관이 없고, 열 명 중에 아홉 명은 크면서 저절로 없어진다고 했는데…….

전문가들은 엄마들이 가장 쉽게 육아 조언을 구하는 존재지만, 이들의 조언은 종종 자녀의 문제를 엄마의 잘못된 양육태도 탓으로 돌리거나 문제 해결의 책임을 엄마에게 부여하는 방식으로 이루어진다. 전문가들마저 아동의 문제를 해결하는 가장 확실하고도 쉬운 방법을 엄마가 바뀌는 것이라고 말한다니, 어쩌면 이것이야말로 자신의 무능을 증명하는 것은 아닐까?

이래도 비난,
저래도 비난

전문가뿐 아니라, 가까운 가족들이 엄마를 비난하는 위치에 서기도 한다. 이른둥이 엄마 커뮤니티에는 조산한 며느리를 비난하는 시가의 이야기가 자주 등장한다. 직장생활을 하던 이에게는 "일을 쉬었어야지", 양수가 터진 후 근처 산부인과에 간 이에게는 "대학병원에 갔어야지", 이른둥이 아이의 체중이 늘지 않아 고민하는 이에게는 "임신 중에 네가 잘 먹었어야지"…… 막장 드라마에만 나오는 이야기 아니냐고? 2020년대에도 이런 이야기가 존재한다는 걸 나 역시 이전에는 알지 못했다.

심지어 엄마를 비난하는 가족에는 자녀 양육에 공동 책임을 지니는 남편이 포함되기도 한다. 달리기는 남편에 대해 이렇게 말했다.

> (첫째의 아토피가 심했을 때) 아토피에 좋다고 해서 연수기
> 를 사려고 알아본 적도 있었어. 근데 우리 아파트에는 설
> 치가 안 된다고 하는 거야. 그때는 연수기가 어떻게든 꼭
> 있어야 한다는 마음에 이사까지 알아볼 정도였어. 남편이
> 정신 좀 차리라고 말하더라고.

달리기는 당시 아이의 아토피를 낫게 하는 데 지나치게
혈안이 되어 있었기에, 남편의 '정신 좀 차리라'는 말에 합리
적인 면이 있었다고 인정한다. 그러나 남편이 초연한 입장을
취할 수 있었던 건 달리기가 아이의 치료에 열심이었기 때문
이 아닐까. 달리기의 남편은 첫째의 아토피에서 한 걸음 떨어
져 달리기처럼 몰입해 있지 않았기 때문이 아닐까. 내가 아이
의 발달 문제로 걱정할 때 나의 남편이 '낙관의 화신'이 되었
듯이. 남편의 비난은 앞서 언급한 예시처럼 "그래서 당신은
어떻게 할 셈이야?"라는 힐난으로 이루어지기도 하지만, "네
가 너무 예민한 거 아니야?"라며 자녀의 문제를 부정하거나
아내의 노력을 폄하하는 방식으로도 이루어진다.

지역사회 역시 모성 비난과 무관하지 않다. 일리나 싱Ilina
Singh의 연구에서, 엄마들은 길거리, 식당, 교회, 쇼핑몰, 영화

관, 슈퍼마켓 등에서 사람들로부터 자녀의 행동에 대한 비난과 판단을 받았다고 말한다. 독특한 점은 지역사회에서 엄마를 비난하는 이들의 대다수가 아이의 학교 친구 엄마, 이웃 엄마 등 주로 여성이라는 점이다. 나 역시 동네에서 교류하던 또래 엄마들에게 육아 훈수를 들은 경험이 있다. "아이에게 더 단호해야 하지 않을까요?" 재미있는 것은 나 역시 그 엄마들을 나의 잣대로 판단하고 있었다는 것이다. '저 엄마는 애한테 너무 인정사정이 없어.' 아무리 머릿속에서 '판단 중지'를 외쳐도, 우리는 자신이 이상적으로 생각하는 육아상에 비춰 상대의 육아 방식을 평가하는 데 익숙하다. 자녀의 행동으로 평가받는 위치에 서 있으면서도, 자신이 평가받는 그 잣대를 내면화해 다른 여성을 평가하고 감시하는 아이러니.

울림 역시 치료실에서 만난 엄마들로부터 일종의 '상호 감시'를 받는다.

온 엄마들이 '지금이 치료의 황금기다' 하면서 막 달리잖아요. 저는 월 화 수 목 금 다 치료를 가는데도 왜 이렇게 조금 가냐고, 왜 낮병동이나 사설 센터를 가지 않느냐고 '엄마가 그렇게 치료를 안 다니니까 애가 느리지'라는 말을 (치료실에서 만나는) 엄마들이 대놓고 해요. 재활치료를 받는 엄마들 사이에서는 '어디가 좋다' 이런 정보에 빠삭

해야 하고 열심히 운전해서 애를 여기저기 데리고 다녀야 되는데, 그렇게 하지 않으면 되게 게으르거나 무관심한 엄마라고 생각하죠.

그러나 비난은 여기서 그치지 않는다. 울림은 또 다른 비난과 함께 아이러니한 상황에 처했다. 한쪽에는 자녀의 장애를 빨리 치료하라고 독촉하는 이들이 있다면, 한쪽에는 지나친 개입과 치료를 경계하는 방식으로 비난하는 이들이 있는 것이다.

근데 또 그런 분들도 있어요. 애가 치료받으려고 세상에 온 게 아니지 않냐면서, 치료 열심히 다니지 말라고, 치료 그만두고 시골에서 뛰어놀게 했더니 잘 큰다고, 블로그에 장문의 댓글을 남기는 선배 엄마들이 있어요. 저한테 치료를 많이 안 다닌다고 손가락질하는 엄마들이 있는가 하면 왜 애를 그렇게 힘들게 하냐고 손가락질하는 엄마들이 있는 거예요.

이러한 상반된 비난은 엄마에게 부과된 두 가지 상반된 책임, 즉 질병이나 장애를 치료할 책임과 아이를 수용할 책임 사이의 간극을 고스란히 드러낸다. 이 책의 1, 2부에서 언급한 대로 '발달을 자극하라' '공감하는 엄마가 되어라'는 모순된 명령 속에서, 엄마를 향한 비난은 상호 모순으로 점철되어 있다. 자녀를 위해 치료를 열심히 받아도, 열심히 안 받아도 비난에서 빠져나올 수 없다.

엄마에게
죄책감 권하는 사회

엄마는 21번 염색체의 개수를 바꿀 수 없다(다운증후군은 21번째 염색체가 한 개 더 많아서 생기는 유전성 질환으로 알려져 있다). 가습기 살균제를 개발해 유통한 적이 없다(그럼에도 가습기 살균제 피해 아동의 엄마는 내 손으로 아이를 죽였다며 울부짖었다). 하늘을 뿌옇게 가린 미세먼지를 없앨 수 없다(미세먼지는 WHO가 지정한 1급 발암물질이다). 장애아 부모의 간절한 꿈인 어린이 재활병원 설립을 혼자 힘으로 이룰 수 없다(권역별 어린이 재활병원 설립은 지난 정부의 국정 과제였으나 현재까지 설립이 지지부진하다). 자녀가 성장 과정에서 맞닥뜨리는 여러 문제에는 유전, 환경, 확률, 사회적 인식, 의료시스템, 계급 등 수많은 요인이 개입되어 있고, 자녀의 삶을 엄마 혼자 힘으로 통제하는 것은 불가능하다. 그런데도 엄마는 자녀가 맞닥뜨리는 크고 작은 일들에 대해 불합리한 비난을 맞닥뜨린다.

엄마가 마주하는 비난의 말들 속에는 엄마를 둘러싼 거대한 신화가 있다. 그 신화는 '자녀의 모든 문제는 엄마에게 책임이 있다'는 것이다. 이 말은 아이가 어떻게 자라느냐는 엄마가 어떻게 하느냐에 달려 있으며, 아이가 성장하는 과정에서 발생하는 모든 '문제'를 해결해야 할 책임이 엄마에게 있다는 뜻이다. 사실 '문제'라는 말은 문제적이다. 무엇을 문제로 정의할 것이냐는 고정된 진리가 아니며, 비장애중심주의와 건강지상주의를 벗어나면 문제는 문제가 아닐 수 있다. 하지만 문제가 과연 무엇인지 묻지 않은 채, 이 말은 현실에서 이렇게 쓰인다. 아이가 키가 작거나, 소심하거나, 폭력적이거나, 감기에 자주 걸리거나, 아토피가 있는 것에는 이유가 있을 것이다. 엄마가 균형 잡힌 식사를 차려주지 않거나, 지나치게 권위적이거나, 남편과의 관계에 문제가 있거나, 바깥 활동을 잘 시키지 않거나, 인스턴트 식품을 많이 먹이거나…… 엄마 탓이 아니더라도 엄마는 더 노력해야 한다. 아이의 모든 '문제'를 완벽하게 관리하고 해결해야 할 사람은 엄마이기에!

모성 비난의 역사는 유구하다. 조현병, 자폐증, 뇌전증, 천식, 근친상간, 동성애 등이 엄마의 양육태도에서 비롯된다고 알려진 시절도 있었다. 1890년대에서 1950년대까지 동성애는 지나치게 독립적이거나 보호적인 엄마로 인한 것이었고(네?), 1940년대에서 1970년대까지 조현병은 엄마의 과잉보호 혹은 거부로 인한 것이었다(네에?).[40] 흥미로운 연구결과가 있다. 캐나다의 임상심리학자 P. J. 캐플런P. J. Caplan이 1970년, 1976년, 1982년에 발간된 주요 임상 저널을 분석한 결과, 앞서 언급한 것들부터 요실금, 궤양성 대장염에 이르기까지 일흔두 가지 건강 문제 및 성적 지향 등의 원인이 엄마로 지목되고 있었다.[41]

그중에서 가장 널리 알려진 것은 자폐의 원인이 냉장고처럼 냉정하고 무감각하게 자녀를 대하는 엄마에게 있다는 일명 '냉장고 엄마Refrigerator mother' 이론이다. 심리학자 브루노 베텔하임Bruno Bettelheim은 자폐를 부적절한 양육으로 인해 정신적 외상을 입은 것으로 보았고, 소아정신과 의사 레오 카너Leo Kanner는 어린이를 냉담한 부모의 손에 맡겨놓는 것은 아이를 "성에 제거 장치가 없는 냉장고에 넣어두는 것이나 마찬가지"라고 주장했다. 엄마들은 자폐 증상이 있는 아이를 돌보고 치료하기 위해 애쓰는 와중에, 아이의 자폐가 자신 때문이라는 오명을 뒤집어썼다.

자폐가 부적절한 양육태도로 인한 것이 아니라 유전적 소인에 기인한다는 사실이 밝혀지면서 냉장고 엄마에 대한 오해는 사라졌다. 자폐증뿐만 아니라 조현병, ADHD 등의 원인 또한 뇌과학적으로 설명하는 연구가 발표되면서 질병이나 장애의 원인으로 엄마를 지목하는 경우는 줄었다. 그런데 질병이나 장애의 원인이 생물학적인 것으로 밝혀진다고 해서 엄마를 비난하는 문화가 사라지지는 않는 것 같다.

질병이나 장애의 원인에 대한 두 가지 이야기—"생물학적인 문제다", "양육태도의 문제다"—는 현실에서 이분법적으로 나누어지지 않는다. 질병이나 장애의 원인이 엄마에게 있지 않다는 것이 밝혀진다고 해도 자녀의 질병이나 장애를 예방하고 치료해야 할 책임이 여전히 엄마에게 있는 한은 그렇다. 일리나 싱과 린다 M. 블럼Linda M. Blum 등의 연구자들은 자폐, ADHD, 조현병 등을 뇌의 생리학적 문제로 인식하게 되었음에도 엄마에게 기대되는 역할은 변하지 않았기 때문에 모성 비난이 사라지는 게 아니라 재구성될 뿐이라고 주장한다. 게다가 다양한 치료법이 쏟아져나올수록, 질병이나 장애를 치료할 수 있다는 환상이 커질수록, 자녀의 질병이나 장애를 치료해야 할 책임과 부담은 더욱 커진다. 앤드루 솔로몬이 《부모와 다른 아이들》에서 인터뷰한 자폐 아동의 엄마는 말한다.

그들은 '비타민 요법은 시도해보셨나요?', '청능 훈련은 시도해보셨나요?', '혹시 음식 알레르기인 것 같지는 않나요?'라고 물어요. 그래요, 우리는 청능 통합 훈련도 시도해보았어요. 그 끔찍한 비타민 요법도 시도해보았어요. 감각 통합도 시도해보았고요. 당연히 배제 식단도 시도했죠. 밀과 옥수수를 끊어서 글루텐 섭취를 막고 유제품도 끊었어요. 카제인도 없앴죠. 땅콩버터도 먹지 않아요. 부모는 아이가 변하기를 바라는 마음에서 이런 시도를 하지만 실제로는 그 아이를 고문하는 행동에 불과해요. 결국에 내게 남는 것은 그녀를 포기했다는 죄책감뿐이에요.[42]

나는 조산이 아이의 질병이나 장애로 연결될 가능성에 대해 상기할 때, 신생아중환자실을 퇴원한 후 여러 외래를 전전할 때, 스스로를 실패한 엄마라고 느꼈다. 자녀의 건강관리에 실패했으니 죄책감이 드는 건 자연스러운 일이라 여겼다. 나는 이 목소리가 내면에서 비롯된 것이라 믿었지만, 주위를 둘러보니 '엄마 탓'이라는 이야기가 가득했다. 내가 미처 인지하지 못했을 때도 그 이야기는 돌림노래처럼 반복되고 있었을 것이다. 엄마들이 느끼는 죄책감이 엄마에게 가해지는 다양한 방식의 비난이 내면화된 결과라면, 이를 외면한 채 상담소에서 내면아이를 다독이거나 "나는 좋은 엄마다" 주문을 외친다고 해서 죄책감을 떨칠 수 없다.

자녀의 자존감이라는
또 다른 종교

'엄마 탓'이라는 돌림노래는 자녀에게 질병이나 장애가 없다고 해서 피해갈 수 있는 것이 아니다. 자녀의 성장 과정에서 '문제'는 끝이 없다. 키가 작거나(아이가 키 때문에 주눅 들거나, 병원에서 알려준 예상 키가 엄마 아빠의 키보다 작거나⋯⋯), 공부를 잘하지 못하거나(학원 레벨 테스트에서 떨어지거나, 서울권 대학에 가지 못하거나⋯⋯), 운동을 잘하지 못하거나(초등학교 줄넘기 급수 시험에 떨어지거나, 피구 게임에서 '깍두기'가 되거나⋯⋯) 생각하기에 따라 무엇이든 문제가 될 수 있다! 신자유주의적 경쟁은 성적뿐 아니라 교우관계, 키, 외모 등 구석구석까지 스며들어 있고, 관리의 영역은 더욱 촘촘해졌다. 복병은 또 있다. 치유문화가 확산되면서, 아이의 성장 과정에서 '문제'

를 정의하는 일이 더욱 모호해진 것이다.

'아이가 어떤 아이로 자랐으면 좋겠냐'는 질문에 많은 부모가 마음이 편안한 사람, 행복한 사람으로 자랐으면 좋겠다고 답한다. 오은영 박사 역시 비슷한 말을 한다. 육아의 목표는 마음이 편안한 사람으로 키우는 것이라고.

> 부모들은 묻는다. 잘 키우려면 뭐가 중요하냐? 난 무조건 마음이 편안한 사람으로 키우라고 한다. 가까운 사람과 두루두루 잘 지내는 사람이면 족하다고. 그 과정에서 부모는 아이의 특성을 파악해서 타당하게, 도울 뿐이다.[43]

> 자기 마음을 이해받는 경험을 많이 하면 아이와 부모는 감정적으로 굉장히 단단하게 연결돼요. 그리고 이게 단단하면 되게 편안한 사람이 돼요.[44]

'마음이 편안한 사람'은 어떤 사람일까? 위의 인터뷰 내용을 종합해보면 '가까운 사람과 두루두루 잘 지내고', '부모와 감정적으로 단단하게 연결'되어 있는 사람 정도로 정의할 수 있겠다. 성공이나 성취, 세상을 구하겠다는 사명감 이전에 그저 마음이 편안하면 된다니, 인생에 과도한 의미 부여를 하느라 지친 어른들에게도 위로가 되는 메시지다. 그러나 이 메시지가 더 이상 편안하지 않게 다가오는 순간이 있다. 〈금쪽 같은 내 새끼〉 138회, 한글을 모르는 예비 초1 딸을 감싸는 엄마에게 오은영 박사는 이렇게 말한다.

초등학교 들어가서 한글 배워도 돼요. 하지만 다른 아이들은 한글을 줄줄줄 읽는데 안 되니까 얼마나 본인이 속상하고 자신이 없겠습니까. 그렇다면 '국가에서 1학년부터 가르치라는데요'보다는 우리 아이가 뭐가 힘들까에 대한 생각을 먼저 해보시면 좋겠어요. 아이가 편안하게 학교생활을 할 수 있는 게 뭘까.

〈금쪽 상담소〉 가수 선예 편, 선예가 열 살 딸의 안검하수 수술을 주저하자 오은영 박사는 이렇게 말한다.

이 나이는 신체 자아상이 형성되는 중요한 나이예요. 예쁘냐 잘생겼냐의 문제가 아니라, 나의 신체에 얼마나 편안하고 자긍심을 느끼느냐 하는 거예요. 사람과 사람을 대할 때 '너 눈이 왜 그래?' 이렇게 대하게 된다면 아이가 자아상을 형성하는 데 영향을 많이 준단 말이에요. (……) 그런 면에서 어린아이에게 가혹하지 않나 하는 생각이 드는데요.

공교육정상화법(공교육 정상화 촉진 및 선행교육 규제에 관한 특별법) 제정 이후 선행교육이 아닌 적기교육이 중요하다는 인식이 확산되고 초등학교 1학년의 한글교육 시수가 대폭 늘어났다. 하지만 아이가 편안한 마음으로 학교생활을 할 수 없다면 미리 한글을 떼지 못한 것은 질책의 대상이 된다. 안과 의료진의 권유로 수술을 미뤘다 하더라도, 자녀가 자신의 신체에 편안함을 느끼지 못한다면 부모가 수술을 미루는 것 또한 "가혹"한 일이 된다. 그렇다면 편안함을 위한 가장 안전한 선택은? '평범'과 '평균'의 범주에서 벗어나지 않는 것이다. 남들처럼 초등학교 입학 전에 한글을 떼고, 남과 다른 신체를 수술을 통해 교정해야 한다. (그러나 우리는 알고 있다. '평범'이나 '평균'은 허구의 개념이고 이를 좇는 과정은 끝이 없다는 것을.)

우리 시대에 자존감, 긍정적 자아상과 같은 말은 또 하나의 종교다. 수많은 문제가 자존감이라는 어휘를 경유해 도착한다. 배우자의 외도는 자존감에 큰 타격을 주고, 발기부전은 남성의 자존감과 직결된 문제다. 치아교정과 틱장애 치료는 성장기 자녀의 자존감을 위해 꼭 필요하며, 학교와 도서관에서는 아동의 자존감을 함양하기 위한 다양한 프로그램을 연다. 학부모의 악성 민원이 문제시되자 교사의 자존감을 회복하기 위한 방안이 논의된다…… 오늘날 자존감은 정체성을 규정하는 핵심 요소이며, '자기 자신에 대해 어떻게 느끼는가'만큼 중요한 문제는 없다. 자존감을 지키는 일이 끝없는 숙제처럼 반복될 수밖에 없는 이유다.

성장 과정에서 맞닥뜨리는 수많은 문제를 자존감의 하락, 긍정적 자아상의 정립 실패 등으로 설명하게 될 때 양육자는 전전긍긍할 수밖에 없다. 먼 지역으로 이사를 가게 되어 아이를 전학 보내야 할 때, 다른 아이들처럼 생일 파티를 해주지 못했을 때, 아이가 키가 작은 것 때문에 의기소침해할 때, 야근이 잦아 아이의 얼굴을 보기 힘들 때 엄마의 귓가에 맴도는 말들도 이것이다. '아이의 긍정적 자아상, 자존감, 정서적 안정에 블라블라……' 아이의 성적에서 자유롭더라도 여기서까지 쿨하기는 힘들다.

'마음이 편안한 사람'이라는 육아 목표는 쉬운 듯하면서도 아리송하고, 가까운 듯하다가도 어느 순간 멀찍이 달아나 버린다. 에바 일루즈의 말대로 "건강과 자아실현은 끊임없이 확장되는 개념이기에, 역으로 모든 행동에 '병리', '질환', '신경증'의 라벨을 붙일 수 있"으니까.[45] 보이지 않는 심리적 문제가 끊임없이 확장된다는 것은 육아의 과정에서 애쓸 일도 비난받을 일도 더 많아진다는 말이다. 그 결과 육아는 복잡한 규칙으로 가득 차고, 엄마들은 안개처럼 실체가 불분명한 목표에 도달하기 위해 전전긍긍하고 있다.

기빙트리의 이야기
"상담 이론, 코칭 이론,
이거 개빡세고 불가능하네?"

부모를 비난하는 관점으로 접근하는 전문가들

독서모임에서 만난 기빙트리는 미술치료를 전공한 심리상담사다. 당시 함께 읽던 에바 일루즈의 책들은 사랑을 사회학적으로 해석하는 것을 넘어 현대의 치유문화 자체를 직접적으로 비판하고 있었다. 에바 일루즈의 사유는 새로운 지적 쾌감을 주었지만, 치유문화가 발달한 미국에서 심리상담사로 커리어를 쌓아가던 기빙트리에게는 당혹스러운 것이기도 했을 테다. 하지만 기빙트리는 함께 읽는 과정을 "open surjery(공개 수술)"라고 표현할망정 피해가지 않았다. 나는 4부를 쓰며 기빙트리를 자주 떠올렸고, 전문가들의 치료와 조언이 왜 자주 엄마를 향한 비난으로 흐르는지 그에게 묻고 싶었다.

문제를 부모의 선에서 해결하려는 노력 자체가 사실 부모에 대한 비난이죠. 대부분의 전문가들이 문제가 생겼을 때 접근하는 방식이 가족환경의 패턴, 부모와의 애착, 양육태도를 스크리닝하는 거거든요. 이건 시스템화된 비난인 거죠. '부모가 이러니까 이러지'라고 아주 직접적인 개인에 대한 비난으로 몰고 가는 케이스도 있지만, 그렇지 않은 경우라도 비난을 할 수밖에 없는 구조 안에 우리가 들어 있다고 생각해요.

당연히 개인의 선에서 해야 할 일들이 있죠. 발달 자극도 많이 주면 좋을 것이고, 아이를 존중하는 대화법도 너무 좋죠. 근데 까놓고 얘기해서 저소득층 부모들이 할 수 있는 전략은 아니거든. 감정코칭? 절대 안 돼요. 그럴 만한 시간적·경제적 여유가 없단 말이에요. 근데 전문가들은 시스템 안에서 아주 단편적인 문제 해결을 해주는 사람이다보니까, 부모를 비난하는 관점으로 문제에 접근하는 것 같아요. 사실 대부분의 케이스에서 엄마가 잘못한 점을 뽑아낼 수 있어요. 저 자신에게도 매일 열 개씩 찾아낼 수 있는데요? 그러니까 그렇게 뽑아내고 앉아 있어도 소용이 없다는 거예요.

그래서 저는 '당신이 어려움을 느끼는 부분은 개인의 노력만으로 될 수 없는 부분이 있다'는 걸 전문가들이 되게 적극적으로 알려야 한다고 생각해요. 예를 들어 엄마가 자책하고 있을 때, 그 자책이 엄마의 무능력에서 오는 것만이 아니라는 걸 알려줄 임무가 있다는 거죠. 특히 영향력 있는 전문가라면 '그건 내 분야가 아니야'라고 말해서는 안 되죠.

기빙트리는 에두르는 법 없이 "문제를 부모의 선에서 해결하려는 노력 자체가 사실 부모에 대한 비난"이라고 정리해주었다. 전문가들의 선의와 노력을 부정할 수는 없지만, 치료나 조언의 방향이 부모의 변화에 국한될 때 이는 부모에 대한 비난으로 흐르고, 부모의 변화로 해결할 수 없는 많은 것들을 놓치게 된다. 그럼에도 부모의 절대적 영향력을 강조하는 것은 강력한 문화적 관념이기에, 아동을 직접적으로 만나는 직업일수록 이 관념을 뒷받침해줄 사례를 만나기 쉽다. 엇나가는 아이들, 폭력을 휘두르거나 방치하는 부모…… 기빙트리 역시 학대 아동, 마약 중독자 부모와 아동을 다루는 기관에서 일하면서 부모, 특히 주 양육자인 엄마의 문제라고 말할 수 있는 경우를 많이 마주했다. 그와 동시에 백인 엄마와 흑인·히스패닉 엄마가 가진 자원이 결코 같지 않다는 사실, 그리고 "사람이 이론적으로 옳은 바를 언제나 행할 수 없다"는 사실을 마주하기도 했다.

예전에 해결 중심 치료를 할 때, 저는 문제를 딱딱 해결하기 위해서 엄마들한테 엄청난 계획표를 짜줬거든요. 왜 엄마한테 그걸 주냐고요? 그게 엄마들의 책임이라고 생각했고 엄마들이 이걸 해내야 한다고 생각했거든요. 지금은 달라진 점이, 엄마가 원하면 도와주지만 그건 변화를 원하는 사람이 적극적으로 선택해서 가져오는 전략이지, 모두가 그렇게 할 필요는 없다고 생각해요. 그렇게 변하게 된 이유가, 내가 해보니까 상담 이론, 코칭 이론 이거 개빡세다! 그리고 불가능하네? (웃음) 아이를 낳고 키우면서 저라는 사람이 이론적으로 옳은 바를 언제나 행할 수 없다는 걸 알게 된 거죠. 그런 경험과 공부를 통해서 '말이 안 되는 거네'라고 모성에 대한 생각들이 변한 거예요.

"무조건적으로 공감하고 존중해주는 건 안 할 거야."

그는 열두 살, 일곱 살(인터뷰 당시 나이) 두 아들을 키우며 현재 제주에서 살고 있다. 남편의 직장 문제로 한국에 돌아왔지만, 세 달 전 기빙트리의 남편은 퇴사를 결정했다. 남편은 살림과 육아의 대부분을 담당하고, 아이들은 선행교육이나 사교육 없이 각자의 관심 분야에 몰두해 시간을 보낸다. 기빙트리는 예전보다 더 일에 집중할 수 있게 됐다.

우리 남편이 지금은 살림을 재미있어하지만, 그거 허니문이지, 1년만 되어봐요. 살림이 늘 그렇게 기쁘고 좋기만 하겠어? 나도 나대로, 그도 그대로 불평불만이 생길 것 같은데, 지금은 그래도 좋아요. 저는 하고 싶은 일을 누구의 방해를 받지 않고 할 수 있다는 것, 그 사실 자체가 너무 행복한 거예요. 10년이 넘게 그게 힘들었기 때문에. 지금은 나 혼자만의 삶만 책임지면 되는 느낌?

4부 | 다 엄마 탓이다

우리의 '사랑스러운 방해자'들은 우리를 영감에 차오르게 하고, 더 열심히 살도록 토닥이고, 새로운 상상력으로 떠민다. 그렇지만 육아와 일 사이의 기나긴 씨름, 기묘한 줄타기는 우리를 자주 지치게 한다. 자신의 일을 사랑하는 기빙트리가 그 시간을 얼마나 오래 거쳐왔을지 가늠하면 아득해진다. 주 양육자의 위치에서 벗어나면서 기빙트리는 자신의 일에 온전히 집중할 수 있게 되었다. 또 다른 변화도 있다. 자녀의 일에 '쿨'해질 수 있게 되었다는 것.

(아이를 상대로 기획하고 전략을 짜고 실행하는 행위들) 이게 해보면 개미지옥이거든요. 한번 시작을 하면 그다음 플랜, 그다음 플랜이 눈에 보여요. 그래서 기대치를 가지고 앞서서 혼자 계획을 하게 되거든요. 근데 내가 아무리 훌륭한 조련사라고 할지라도 결국 아이는 어느 순간이 되면 '난 이렇게 가겠어'라는 자기만의 의지가 생기고, 그러면 저의 계획은 더 복잡해지고 들여야 하는 에너지는 커져요. 그걸 하고 싶지 않았고, 더 필요한 아이에게 그런 전략을 짜주는 게 더 재미있고 가치 있다는 걸 알았어요. 근데 내가 집에 있으면 '애들 조련하는 거 끊자' 해도 안 끊어질 것 같거든요? 왜냐면 계속 보이잖아요. 근데 지금은 아이들과 같이 있는 시간이 많지 않으니까.

그런 기빙트리에게도 얼마 전 새로운 고민이 생겼다. 기빙트리는 첫째와 서로의 생각을 가감 없이 이야기하고 싶은데, 첫째는 엄마가 자기 생각을 지지해주고 읽어주기를 바란다는 것이다. 엄마는 왜 요즘 육아 방식에 맞춰서 자신에게 더 친절하게 말하지 않느냐, 왜 더 자기를 이해해주지 않느냐고 따졌다는 것이다.

엄마가 좀 더 자기한테 따뜻하게 말해줬으면 좋겠다는 거예요. '내가 너한테 따뜻하게 말하는 건 나도 노력해야 되는 부분이라고 생각하는데, 무조건적으로 너를 존중해주고 공감해주는 건 안 할 거야. 그런 걸로 자아 존중감이 높아지지 않아'라고 말했죠. 속으로는 열불 터지면서 애 감정 읽어주고 '그랬구나' 하고는 뒤돌아서서 입술 깨무는 상황이 너무 불편한 거예요. 저는 공감은 되는 사람이 하는 거지, 안 되는 사람이 억지로 하는 건 힘들다고 생각해요. 공감은 내가 원하는 걸 이끌어내기 위해서 사회생활에서 적절하게 사용할 수 있는 스킬 같은 거죠. 그게 인간의 기본적인 윤리라거나 못 했을 때 죄책감을 가져야 할 문제는 아니라고 생각해요.

아이들도 시대의 공기를 느낀다. 오늘날의 보편적인 육아문화가 무엇인지 알고 느끼며, 그에 맞는 대우를 받기 원한다. 그런데 그 보편적인 육아문화가 엄마의 정당한 감정을 억압한다면? 대화의 희열을 봉쇄한다면? 아이의 자아를 비대하게 살찌우는 결과만 낳는다면? 기빙트리는 수용과 공감으로 문제를 해결하는 대신 다른 길을 선택해보기로 했다. 엄마의 존재와 역할이 무엇이라고 생각하는지, 공감과 지지를 필요로 하는 그 자아 존중감의 실체는 무엇인지, 아들과 논쟁하기로(기빙트리의 표현대로라면 "싸우기로") 한 것이다. 아이의 인지능력, 엄마의 '말발'과 시간 등이 갖춰져 있기에 가능한 것이지만, 그럼에도 기빙트리의 실험은 흥미진진하다. 우리에게는 견고한 육아 법칙에 주눅 들지 않고 이를 뒤집어 까보는 더 많은 이야기가 필요하니까.

5 부

그러다 몬스터가 될 것이다

언제는 마음 읽어주라더니
이제 와서 왜 이래?

아이는 생후 18개월, 교정(출산 예정일 기준으로 계산한 개월 수) 15개월, '정상발달'의 범주 끄트머리에서 걸음마를 시작했다. 대근육 외의 다른 발달은 크게 늦지 않았기에, 재활치료가 종료되었다. 병원을 자주 가지 않아도 되는 것에 감격하는 나날이었다. 물론 '재활치료만 종료되면 모든 것이 오케이'일 거란 예상과 달리, 평안하기만 한 건 아니었다. 모든 육아가 그렇듯 크고 작은 '문제'가 아이를 스쳐갔고, 그것들은 내게 크고 작은 파동을 남겼다.

"아직까지 손가락 빠는 건 심리적으로 뭐가 채워지지 않아서 그런 것 아니니? 오은영 박사님이 그러는데 애 문제는 거의 부모 문제라더라. 〈금쪽같은 내 새끼〉에 손 빠는 애 이야기가 나오던데 한번 찾아봐." 졸리거나 마음대로 되지 않는 것이 있을 때 맹렬하게 손가락을 빠는 아이를 보며 엄마가 걱정스레 말했다. 손가락 빠는 것에 그렇게 큰 의미를 부여해야 하나, 이 정도면 됐지 엄마 노릇을 얼마나 더 잘해야 하나…… 엄마에게 반박하고 싶었지만 하지 못했다. 오은영 박사가 그랬다는데, 내가 뭐라고 그의 권위에 반박하나 싶어서.

내가 아이를 낳고 육아에 허우적대던 시기는 소아정신과 전문의 오은영 박사가 '국민 육아 멘토'로 성장한 시기와 일치한다. "오은영 박사님이 그러는데"로 시작하는 육아 조언에 툴툴대면서도, 나 역시 오은영 박사의 육아 솔루션이 궁금해 〈금쪽같은 내 새끼〉를 즐겨 보았다. 2020년 방영을 시작한 〈금쪽같은 내 새끼〉가 많은 화제를 불러오자, 채널A 〈오은영의 금쪽 상담소〉를 비롯해, SBS 〈서클 하우스〉, KBS2 〈오케이? 오케이!〉, MBC 〈결혼 지옥〉 등 오은영 박사를 전면에 내세운 프로그램이 앞다투어 방영을 시작했다. 그사이 나의 아이는 자연스레 손 빨기를 그만두었고, 오은영 박사의 상담 대상은 아동을 넘어 크고 작은 심리적 문제를 겪는 연예인, 결혼생활에서 어려움을 겪는 성인 등으로 확장되었으며, 그는 영향력 있는 전문가를 넘어 하나의 사회현상이 되었다.

이 글을 쓰고 있는 2024년, 상황은 완전히 바뀌었다. 방송 출연 아동의 사생활 침해, 자극적 사연 위주의 소비, 전문가 한 명에게 의존하는 방식의 위험성 등에 대한 지적이 계속 되는 가운데, 〈결혼 지옥〉에서 아동 성추행에 제대로 대처하지 못했다는 비판이 거세졌다. 특히 2023년 서울 서초구의 한 초등학교에서 2년 차 교사의 자살 사건이 일어나자, 사람들의 분노는 오은영 박사를 향했다. (오은영 박사가 주로 소비되는 방식이었던) 아이에게 공감해주고 감정을 읽어주는 방식의 육아가 교실에 악성 민원을 제기하는 '진상 부모'를 만들었다는 것이다. 오은영 박사의 SNS는 "이제 텔레비전에 그만 나와라", "박사님 때문에 교육 현장에 금쪽이만 있다"는 등의 비난으로 가득 찼다.

불과 1~2년 전까지만 해도 육아법의 대세는 '마음 읽기'였다(2부 '공감하는 엄마가 되어라'에서 〈"그랬구나"라는 마법의 언어〉 참고). 오은영 박사는 아이의 말과 행동에 대해 우선 "그랬구나" 수긍한 후에 교육해야 한다고 주장한 대표적인 전문가로 알려졌지만, 사실 이 방식은 오은영 박사만의 것이 아니다. 오은영 박사의 육아법은 2000년대 후반부터 선풍적인 인기를 끌어온 감정코칭과 비폭력 대화 등 공감 육아의 전통 위에 자리하고 있다. 오은영 박사가 공감 못지않게 훈육도 중시했다는 반론이 있으나, 큰 틀에서는 오은영 박사의 육아법이 이러한 공감 육아의 유행 안에서 작동하고 있다는 사실을 부인하기 어렵다.

공감 육아법이 성행하던 시기, "그랬구나"로 시작하는 대화법은 수학 공식처럼 견고했다. 높은 솔 톤의 밝고 명랑한 말투는 기본 옵션, "안 돼", "하지 마" 등의 부정적인 단어를 사용하면 육아 상식에 어둡고 세련되지 못한 엄마라는 시선에 맞닥뜨렸다. 아이가 색연필로 거실 벽에 낙서를 하거나 마트에서 집에 가지 않겠다고 드러누워 울면, 부글부글 차오르는 감정을 최대한 가라앉히거나 숨기는 게 먼저였다. 똑똑한 아이로 키우는 것보다 마음이 튼튼한 아이로 키우는 것이 우선이고(게다가 정서 지능이 높은 아이가 학업 성취도도 높고!) 마음이 튼튼한 아이로 키우기 위해 가장 중요한 건 부모의 공감이니까. 아이가 지금 어떤 기분인지, 필요한 것이 무엇인지 알아차리고 이해해주는 것이 중요하다고 하니까.

나는 이러한 육아문화가 육아를 어렵고 복잡하게 만든다고 투덜댔다. 그런데 갑자기 모든 게 변했다. 전문가들이 마음 읽기의 부정적인 영향에 대해 앞다투어 이야기하고, 공감 육아가 자기밖에 모르고 통제가 안 되는 아이를 만들어내는 원흉으로 지목되었다. 이제 아이의 마음을 읽어주는 양육자는 진상 부모로 취급받는다! 반가우면서도 당혹스러웠다. '언제는 마음 읽어주라더니 이제 와서 왜 이래?'

'진상 부모 체크리스트'가
드러내는 것들

한 초등학교 교사의 자살이 학부모의 과도한 민원 제기 때문이라는 인식이 확산되면서, 온라인 커뮤니티에는 '진상 부모 체크리스트'가 떠돌았다. 이 진상 부모 체크리스트에는 '내가 손가락질했던 진상 부모가 알고 보니 나였다고?'라는 문구 밑에, 자신이 진상 부모인지 체크해볼 수 있는 여러 문항이 있었다. 그 문항들은 다음과 같다.

- 개인 연락처를 안 알려주는 선생님은 애정이 없다.
- 정말 급할 때는 늦은 시간에 연락할 수도 있다.
- 젊고 예쁜 선생님이 좋다.
- 애 안 낳고 안 키워본 사람은 부모 심정을 모른다.

- 나이 많은 선생님은 엄해서 애들이 싫어한다.

- 젊은 여교사는 애들이 만만하게 봐서 잘 못 휘어잡는다.

- 우리 애는 예민하지만 친절하게 말하면 다 알아듣는다.

- 우리 애는 순해서 다른 애들한테 치일까봐 걱정이다.

- 우리 애는 고집이 세서 이해할 때까지 기다려줘야 한다.

- 때린 건 잘못이지만 맞는 것보다는 낫다.

- 우리 애가 잘못했지만 이유가 있을 수 있다.

교사에게 악성 민원을 제기하고 교육 현장을 붕괴시키는 진상 부모를 '몬스터 페어런츠monster parents'(일본과 홍콩 등지에서 악성 민원을 제기하는 학부모를 일컫는 말), '내 새끼 지상주의'(소설가 김훈이 악성 민원의 본질로 내세운 말)로 표현한 말들이 힘을 얻기도 했다. 그런데 이 체크리스트를 자세히 살펴보면 몬스터라거나 내 새끼만 최고라는 정서로는 설명할 수 없는 것들이 눈에 띈다.

'우리 애는 예민하지만 친절하게 말하면 다 알아듣는다', '우리 애는 순해서 다른 애들한테 치일까봐 걱정이다', '우리 애는 고집이 세서 이해할 때까지 기다려줘야 한다', 이 문항들은 최근 몇 년간 큰 인기를 끈 '기질 육아'의 모범 답안이다. 아이의 기질을 파악하고 다름을 받아들일 때 아이와의 갈등이 줄어들고 육아가 쉬워질 수 있다는 것이 기질 육아의 핵심이다. 새로운 음식에 두려움을 느끼는 '더딘 기질'의 아이에게 "왜 빨리 안 먹어? 안 먹으면 다 치워버린다?"라고 말하면 아이가 불편해하는 것처럼, 아이의 기질을 이해하지 못하면 아이와의 소통에 어려움이 생길 수 있다는 것이다. 기질 육아에는 아이의 고유한 특성을 존중하고 아이의 성장 과정을 하나의 잣대로 판단하지 않으려는 자세가 있고, 이 자세는 공감 육아의 영향력 아래 있다.

'우리 애가 잘못했지만 이유가 있을 수 있다.' 이 문항은 그야말로 공감 육아의 캐치프레이즈다. 아이의 문제행동에는 이유가 있다는 것이야말로 〈금쪽같은 내 새끼〉가 확산시킨 대표적인 패러다임이 아닌가. 아이의 표면적인 행동 뒤에 숨은 의도를 알아차리고 민감하게 대응하는 것이 중요하다는 육아서 역시 최근 대세를 이루었다.

'정말 급할 때는 늦은 시간에 연락할 수도 있다', '애 안 낳고 안 키워본 사람은 부모 심정을 모른다', '개인 연락처를 안 알려주는 선생님은 애정이 없다', 이 문항들은 한 생명을 키워내는 일이 얼마나 대단하고 중요한지, 어렵고 고단한지를 알아달라는 아우성으로 가득하다. 공감 육아, 기질 육아는 아이에게 많은 정신적 에너지를 쏟을 것을 요구한다. 아이의 기질을 이해하고 소통하는 일도, 아이의 미묘하고 사소한 신호를 잘 파악하고 대응하는 일도 고도로 섬세하고 민감한 작업이다. 이 작업을 성실히 수행할수록 상대에게도 그런 섬세함과 민감함을 요구하게 되지 않을까? 어떤 심정으로 아이를 키웠는지 알아주기를, 개인 연락처를 알려주고 늦은 시간에도 연락을 받아주기를 바라게 되지 않을까?

진상 부모 체크리스트 속에 등장하는 진상 부모는 일부 몰상식한 양육자가 아니다. 그들은 이 시대에 유행한 육아 담론의 흐름 위에 있다. 기질 육아, 공감 육아, 이러한 육아 방식이 전제하는 양육자의 육체적·정신적 고됨을 고스란히 드러낸다. 이러한 육아 방식은 몇 년 전에는 칭송받는 것이었지만, 지금은 진상 부모임을 보여주는 증거가 되었다.

진상 부모 체크리스트 옆에는 '진상 부모 단골 멘트'가 세트로 붙어 있는데, 이 멘트의 1번은 이것이다. "애 아빠가 화나서 뛰어나온다는 걸 말렸어요." 나 역시 기혼 유자녀 여성의 세계에서 이런 멘트를 종종 목격한다. "남편이 ○○를 하는 게 낫겠다고 해서요." "남편도 △△을 하지 말라고 하네요." 남편이 가족과 관련한 크고 작은 일을 결정하는 최종 권력자이며 자신은 그 대리자일 뿐임을 시인하는 이 화법은 기이하고 슬프다. 그러나 이 화법은 교육 현장과 사회 전반에서 성별에 따라 발언의 무게가 달라지는 현실을 고스란히 보여주는 것이기도 하다. 진상 부모 단골 멘트에서 드러나듯, 진상 부모 체크리스트 속 주인공은 여성(엄마)의 얼굴을 하고 있다. 진상 부모는 곧 진상 엄마이며, 여성이기에 더 쉽게 비난의 대상이 된다. 오늘날의 진상 부모 담론은 육아를 전담하는 여성에 대한 혐오를 기반으로 이와 함께 작동하고 있다.

오은영 가고 조선미,
하정훈 오나?

육아 방식에 대한 비난은 이러한 혐오를 쏙 감추고, 육아 전문가의 말을 인용하는 '합리적인' 방식으로 이루어진다. 아이를 키우며 내가 가장 많이 들었던 말은 이것이었다. "오은영 박사가 그러는데⋯⋯" 이제 그 말은 "조선미 교수가 그러는데⋯⋯ 하정훈 원장이 그러는데⋯⋯"로 변주되었다.

현실에서의 훈육 중심 육아를 주장하는 조선미 교수, 부모 중심의 전통 육아를 강조하는 하정훈 원장(소아청소년과 전문의)은 최근 급부상한 육아 전문가다. "부모가 잘못 키운 금쪽이"(조선미), "오은영 육아 함부로 따라 하면 안 되는 이유"(하정훈) 등 두 사람이 출연한 유튜브 클립의 제목에서 알 수 있듯, 이들은 오은영 박사의 육아법이 비판받는 사회적 맥락 속에서 주목받기 시작했다. 이 유튜브 클립의 댓글이 이들에 대한 찬양으로 가득 차는 것을 지켜보며 읊조렸다. '오은영의 시대가 가고, 조선미, 하정훈의 시대가 오나?'

2023년 9월, tvN 예능 프로그램 〈유 퀴즈 온 더 블럭〉에 출연한 조선미 아주대학교 정신의학과 교수는 이렇게 말했다. "부모는 모두 좋은 부모라고 생각합니다. 그냥 아이를 키우면 되는데 잘 키우고 싶어 하는 게 문제인 것 같습니다."

나는 육아 전문가가 "해야 합니다"가 아니라 "안 해도 됩니다"라고 말하는 방식에 신선함을 느꼈다. 하지만 찜찜함이 뒤따랐다. 조선미 교수는 과업 지향적 성장 과정을 보낸 세대에게 마음 읽기와 공감 육아가 매력적으로 다가왔을 거라고 분석하지만, 마음 읽기 열풍은 양육자가 만들어낸 것인가? 마음 읽기를 앞다투어 강조한 전문가들의 작품은 아닌가?

하정훈 원장은 자신의 유튜브에서 기질 육아를 비판하며 "세상은 아이의 기질에 맞춰주지 않"기 때문에 "기질과 관계없이 부모의 양육태도를 동일하게 유지해 아이들이 스스로 통제할 수 있는 능력을 기르도록 해야 한다"[46]고 강조했다. 일정 부분 공감하면서도, 그에게 묻고 싶다. 기질 육아와 관련한 육아서가 쏟아져나오고, 심리상담 센터마다 기질 및 성격검사가 성행하는 것이 오롯이 양육자의 책임인가? 기질을 정교하게 유형화하고 이와 관련한 검사 도구를 개발해 시장을 개척한 이들은 누구인가?

수요가 먼저인가 공급이 먼저인가를 분석하기는 힘들지만, 이들 전문가의 비판이 양육자만을 향하는 것에는 의아함이 든다. 하정훈 원장은 오은영 박사를 직접적으로 비판한 발언으로 주목을 받기도 했지만, 결국 그의 시선은 양육자, 그리고 양육자가 어떻게 변해야 하는가에 맞춰져 있다. 조선미교수 역시 "그냥 키우면 되는데 잘 키우고 싶어 하는 게 문제"라고 말하면서도, 같은 방송에서 아이 앞에서 해서는 안 되는말, 공공장소에서 효과적으로 훈육하는 팁 등을 가르친다.

이들은 쉬운 육아를 주장하면서도 다른 육아 전문가와마찬가지로 양육자(라 쓰고 엄마라고 읽는다)를 가르치는 데 여념이 없다. 일찍이 미국의 '국민 육아 멘토' 벤저민 스폭Benjamin Spock 박사는 여성은 전문가의 충고를 흔쾌히 받아들이고 귀를 기울인다는 점에서 남성과 다르다고 간파한 바 있다. 이들이 가지는 전문가로서의 권위는 여성을 대상으로 한다는 점에서 가부장적 권위를 닮았다. 이들은 자신의 조언에 귀 기울이는 여성을 대상으로 또 다른 육아시장을 만들어내고, 그렇게 쉬운 육아는 또다시 과열된다.

오은영 박사가 대표하는 공감 육아가 저물고, 조선미 교수와 하정훈 원장이 대표하는 현실 육아가 떠오르는 한국의상황은 100여 년 전 미국과 겹쳐진다. 1910년대 후반에 행동주의 심리학이 발흥하면서 미국에는 과학적 육아가 유행했다. 아동의 행동을 주도면밀하게 길들일 수 있는 것으로 보고, 규칙적인 생활, 시간 엄수, 청결 등을 훈련하고자 한 것이다. 이후 '관대함'의 시대가 시작되자 모든 것이 변했다. 아이의 충동은 그 자체로 선하고 분별 있는 것으로 간주되었고, 이에 따라 자연적인 힘이자 본능으로서의 육아가 강조되었다. 이 시기의 변화에 대해 한 어머니는 이렇게 설명했다. "나는 아이들에게 신선한 야채를 주고 있었다. 그러다가 갑자기 장남인 피터가 자기 그릇을 깨끗이 비우기를 기대하고 있다는 사실을 깨달았다. 둘째 아들인 다니엘은 자기 그릇에 있는 음식을 반드시 먹어야 할 필요는 없지만 최소한 맛은 보아야 했다. 그리고 막내 빌리는 내가 관계되어 있는 한, 자신이 원하는 일은 무엇이든 할 수 있었다."[47]

관대한 육아는 오래가지 못했다. 1950년대 이후 공산주의에 대한 불안감이 거세지고, 미국의 젊은이들이 유약하다는 인식이 팽배해졌다. 1957년 소련이 세계 최초로 인공위성 스푸트니크를 발사하자 미국인들은 공포와 경각심에 사로잡혔다. '이 모든 것이 관대한 육아 때문이다!' 《뉴욕타임스》는 관대한 육아를 이끈 육아 전문가 벤저민 스폭 박사가 "요구하기만 하는 작은 폭군으로 자라버린 유아들을 배출했다"며 비난했다. 한쪽에서는 육아서를 주의 깊게 읽지 않은 엄마들이 잘못이라는 비난도 일었다.[48] 스마트폰도 챗GPT도 없던 시대가 오늘날과 이렇게까지 유사해도 되나? 이쯤 되면 정반합이라는 말은 폐기 처분해야 할 것 같다.

과거 미국인이 관대한 육아냐 아니냐로 혼란을 겪었듯 오늘날의 한국인은 공감 육아냐 현실 육아냐, 오은영 파냐 조선미/하정훈 파냐를 놓고 혼란을 겪는다. 오은영 박사의 가르침을 대중이 잘못 이해한 거라며 옹호하거나, 일에 매진하느라 육아에 소홀했을 사람이 뭘 알겠느냐고 비난한다. 조선미 교수와 하정훈 원장을 '대안적인' 육아 전문가라며 칭송하거나, 이들이 소아정신과 전문의는 아니지 않냐며 전문가 자격에 의문을 제기하는 목소리도 있다. 온라인 커뮤니티에는 제대로 된 전문가로서의 자격과 권위가 무엇인지 설왕설래하는 댓글로 가득하다. 지금이야말로 육아 전문가의 권위를 의심할 때가 아니냐는 질문은 하지 않은 채. 대세 육아법이 변하고 국민 육아 멘토가 추락하는 혼란의 틈새는 다른 육아 전문가의 목소리로 채워지고 있다.

나쁜 부모의 계보학

진상 부모나 몬스터 페어런츠와 같은 나쁜 부모에도 계보가 있다. 1990년대에는 '헬리콥터 부모'가 있었다. 헬리콥터 부모는 자녀 주위를 빙빙 도는 것처럼 지나치게 아이에게 간섭하는 부모를 일컫는 말로, 미국에서 자녀 발달 연구가인 포스터 클라임과 짐 페이가 1990년에 소개하면서 알려졌다. 1980년대 미국에서는 한 어린이가 납치·살해된 사건이 텔레비전 영화로 제작되어 엄청난 주목을 받았다. 동아시아 나라들과 비교해 아이들의 학업 성과나 숙제가 충분하지 않다는 문제의식이 확산되었으며, 성과보다 개성을 존중하는 자존 운동이 유행했다. 《헬리콥터 부모가 자녀를 망친다》를 쓴 줄리 리스콧-헤임스는 이런 흐름 속에서 "유년기 자녀들의 안

전을 의식하고 학업 성취도에 초점을 맞추며 자부심을 키워주고, 나아가 모든 일에 일일이 관심을 기울이며 점검하는 식의 양육 방식이 일반화"[49]되었다고 지적한다.

부모는 이제 자녀 주위를 빙빙 도는 것에서 그치지 않는다. 헬리콥터 부모에 이어 잔디 깎는 기계, 울퉁불퉁한 길을 다듬는 불도저, 눈을 치우는 제설차처럼 자녀의 어려움을 제거해주는 '잔디깎이 부모', '불도저 부모', '제설기 부모'가 등장했다. 헬리콥터, 잔디깎이, 제설기, 불도저 등 맹렬한 기운(?)을 풍기는 이 기계들에는 '극성'의 이미지가 덧씌워져 있다. 지금부터 살펴볼 나쁜 부모의 계보학에도 과열된 육아에 대한 문제의식이 일관적으로 존재한다. 그렇다면 육아가 어떤 면에서 과열되었다는 건가? 나는 위에서 인용한 줄리 리스콧-헤임스의 문장에서 힌트를 얻어, 과열된 육아의 양상을 세 가지 측면으로 구분해보았다. 첫째 안전, 둘째 학업 성취, 셋째 자존이라는 측면이다.

미국에서 부모가 자녀 주위를 빙빙 돌며 장애물을 깎고 치우고 다듬어주는 동안, 한국에서는 '돼지 엄마'가 유행어로 등극했다. 돼지 엄마는 교육열이 매우 높고 사교육에 대한 정보에도 능통해서 다른 엄마들을 이끄는 엄마를 일컫는 말로, 2014년 국립국어원은 이 단어를 신어로 선정하기도 했다. 새끼들을 우르르 몰고 다니는 동물은 돼지만이 아닌데 왜 하필

돼지인지는 모르겠지만(돼지야 미안해!), 돼지 엄마는 자녀의 학업 성취 측면에서 과열된 부모로 볼 수 있다.

2010년 중후반은 '맘충'의 시대였다. 맘충은 거의 모든 상황에서 공격할 수 있는 '마법의 언어'지만(아이를 데리고 카페에 가? 맘충! 아이를 어린이집에 보내고 브런치를 먹어? 맘충!), 아이가 공공질서를 지키지 않을 때 이에 대해 훈육하거나 제지하지 않는 태도를 주된 비판의 대상으로 삼았다. 물론 이러한 비판에는 아이의 발달 단계에 대한 이해, 어른 위주로 구획된 공간에 대한 비판이 선행되어야 마땅하지만, 공공장소에서의 훈육 부재라는 현상만을 떼어놓고 본다면 자존이라는 측면의 과열로도 일부 해석할 수 있다. 그리고 2023년, 한국에 몬스터 페어런츠 담론이 상륙했다. 이 담론 속 양육자는 학업 성취도에 집착하면서도 자존 운동의 영향으로 자부심을 키워주는 방식의 육아를 한다는 점에서, 학업 성취도와 자존 두 측면에서 과열된 부모다.

나쁜 부모라고 할 때 우리는 흔히 술에 취해 폭력을 휘두르거나 아이의 식사도 챙기지 않고 방치하는 부모를 떠올린다. 실제로 그런 부모도 적지 않을 것이다. 하지만 나쁜 부모로서 유행어의 반열에 오르는 것은 과열된 육아를 하는 부모다. 아이가 안전한 환경에서 공부도 잘하고 자존감도 높은 사람으로 자라기를 기대하면서, 부모 역할에 지나치게 몰입하는 부모 말이다. 과열된 육아에 대한 문제의식은 커지고 있지만, 동시에 나쁜 부모는 자녀 근처를 빙빙 도는 것에서 자녀 앞의 장애물을 제거하는 것으로, 벌레에서 괴물로 '진화'하고 있다. 심지어 우리가 그토록 추앙하는 북유럽에도 '컬링맘'(스톤이 잘 미끌어지도록 열심히 비질을 하는 컬링처럼 자녀 앞의 장애물을 치우고 진로를 설계하는 부모)이 있다.

나쁜 부모의 계보학은 오늘날의 육아가 아이를 골목에 풀어놓고 키우던 과거와는 근본적으로 달라졌음을, 과열된 육아를 하지 않는 것이 아이를 방치하는 것보다 더 어려운 시대가 되었음을, 안전, 학업 성취, 자존이라는 과열의 세 측면 중에서 유괴, 사교육시장의 성행 등 맥락에 따라 특정한 측면이 더 과열되기도 한다는 것을 보여준다.

나도 괴물이 되어가는 건 아닐까

　나는 돼지도 벌레도 괴물도 되고 싶지 않았다. '이런 엄마는 되지 않겠어' 결심할 때, 내 머릿속에는 선명하게 떠오르는 얼굴들이 있었다. 교육의 변화를 꿈꾸며 일했던 곳에서 마주친, 내 아이에게 유리한 교육제도를 관철하고자 단체행동에 나서거나 항의 전화를 돌리는 엄마들이었다.

　사립초등학교의 영어교육 실태를 조사한 적이 있다. 조사 결과 여러 사립초등학교가 교육과정을 벗어나 1, 2학년부터 영어를 가르칠 뿐 아니라, 수학, 과학 등의 과목에서도 영어몰입교육(일반 교과목 내용을 영어로 가르치는 교육)을 실시하는 것으로 드러났다. 사립초의 영어몰입교육 실태가 매스컴에 오르고 교육부에서 이를 단속하겠다고 나서자, 1000여 명의 사립초 엄마들이 반대 집회에 나섰다. 집회의 분위기는 오랫동안 잊히지 않을 만큼 강렬했다. 생존경쟁에서 아이가 유리한 위치를 점해야 한다는 절박감, 엄마로서 자녀를 위해 이 정도쯤은 해야 한다는 의기양양함이 가득해서였을까. 나는 이들의 에너지에 완전히 압도당하고 말았다.

종종 일터로 '○○학교 학부모'라고 자신을 소개하는 엄마들의 전화가 걸려왔다. 그들의 항의는 거의 이렇게 시작하거나, 이렇게 끝났다.

"애 낳아봤어요? 애도 없으면서 뭘 알아요?"

당시 아이를 낳지 않은 상태였던 나는 아이 키우는 현실도 '엄마 마음'도 모르니 교육에 대해 발언할 자격이 없었던 걸까. 교육제도 변화에 대한 열망으로는 가늠할 수 없는, 아이를 낳고서야 알 수 있는 세계란 도대체 무엇일까. 그 세계가 자녀의 성공을 위해 엄마가 무엇이든 할 수 있는 곳이라면, 그런 세계는 알고 싶지 않다고 되뇌었다.

지금은 안다. 자녀의 질병이나 장애에 대해 "엄마 탓이다" 말하는 사회는 자녀를 '정상'으로 만들라고, 더 나아가 사회에 쓸모 있는 일원으로 키우라고 엄마를 독촉한다는 사실을. 아이의 발달 자극을 위해 발달 정보를 뒤지던 나와 그들의 거리는 멀지 않다. 하지만 나로서는 아이를 학원에 실어나르는 데 많은 시간을 쓰거나 유리한 입시제도를 관철하기 위해 항의 전화를 돌릴 일은 없을 것 같다. (10년 뒤의 나, 보고 있나?) 아이가 학령기에 접어들지 않아서인지 모르겠지만, 나는 아이의 학업 성취라는 측면에서 상대적으로 벗어나기 쉽다고 느낀다. 반면, 내가 벗어나기 힘든 유혹이 있다. 자존의 측면에서 아이가 '성공하지 않아도 행복하게 살면 좋겠다'는 욕망이다.

언니가 떠난 후, 엄마는 내게 좋은 대학, 사회적 성공, 번듯한 남편감을 요구한 적이 없었다. '어떻게 하면 남들 눈에 멋질까'와 '어떻게 하면 딸이 행복하고 편안할까' 앞에서 갈등하면서도 늘 후자의 손을 들어주었다. "자식이 별일 없이 부모 곁에 있는 게 얼마나 어려운 일이야? 별 탈 없이 살아주는 것만도 대단한 건데……" 엄마가 언젠가 무심결에 했던 말을 오래 기억하고 있다. 나는 엄마의 이 말이 엄마가 보낸 고통과 상실의 시간들을 꾹꾹 눌러 담은, 엄마 인생 전체를 관통하는 깨달음이라는 걸 안다. 나는 엄마가 나를 존재 자체로 고마워한다는 것을 알고 나서 내세울 것 없이도 당당할 수 있었다. 엄마가 그랬듯 나도 아이를 존재 자체로 고마워하고 싶었다. 별 탈 없이 살아주는 것만으로도 대단한 거라고 말해주고 싶었다.

그런데 '성공하지 않아도 행복하게'라는 소망은 불쑥 날카로운 이빨을 드러내곤 했다. 며칠째 늦게 들어가느라 아이 얼굴을 보지 못했을 때, 아이가 친구에게 놀잇감을 양보하고 집에 돌아와 의기소침해할 때, 아이의 친구들이 "너희 집은 왜 이렇게 작아?"라고 물을 때, 나는 아이가 상처받을 것이 두려워 자주 허둥댔다. 쿨한 엄마는 애초에 불가능한 거라 해도, 끈적끈적하고 맹렬한 것이 사랑의 본질이라 해도, 이렇게 허둥댈 건 없는데.

자존이라는 측면의 과열에는 소위 말해 '진보적인' 부모가 더 취약할 수 있다. 애초에 자존감 운동은 진보의 기획이었다. 자존감 유행에는 여러 기원이 있지만, 미국에서 이것을 학교 교육과정으로 제도화한 것은 민주당 소속 캘리포니아 주의회 의원 존 바스콘셀로스John Vasconcellos다. 바스콘셀로스는 여러 뉴에이지 운동에 관심을 가졌고, '자존감 연구의 선구자' 너새니얼 브랜든Nathniel Branden의 영향을 받아 자존감 상승이 교육적 효과를 가져올 것이라 주장했다. 이 아이디어는 정부 지출에 민감한 보수주의자에게도 잘 먹히는 것이었지만, 근본적으로는 대항문화적 정서를 가진 진보주의자의 작품이었다.[50]

육아에 있어서 지나친 자기성찰은 독이라는 걸 안다. 육아에 전문가가 개입한 이래 육아는 늘 자신만만해서는 안 되는 일, 반성하고 의심해야 하는 일, 누군가의 조언에 현명하게 귀 기울여야 하는 일이었으니까. 아이를 재운 밤 자신을 돌아보고 후회하는 일 따위는 하지 않겠다고 다짐했지만, 스멀스멀 올라오는 질문을 막을 길이 없다. 진보적인 부모이자 아이의 학업 성취에 집착하지 않는 엄마이기를 바랐던 나는 자존이라는 측면에서 육아 '과몰입러'가 아니었을까? 몬스터라는 비난이 억울하면서도, 이렇게 또 다른 방식으로 육아에 몰입하다가 어느새 나도 몬스터가 되는 건 아닐까? 아이에게 전전긍긍할수록, 아이의 문제로 밤잠을 설칠수록, 아이를 위해 많은 것을 포기할수록 우리의 얼굴이 일그러지는 건 아닐까?

대세 육아법이 변하는 이 혼돈의 시기는 시대에 따라 주목받는 육아법은 달라지며 육아 전문가의 발언 역시 시대를 초월한 진리가 될 수 없음을 시사한다. 그렇다면 나는 이 혼란의 시대에 어떤 양육자가 되어야 할까? 대세와 무관하게 '중심'을 잡고 실천하는 양육자가 되기를 원하지만, 그 '중심'이라는 것 역시 사회적 상상력에서 벗어나기 어렵다. 대세 육아법도, 그와 반대되는 대안적인 육아법도, 사회에 직간접적으로 영향을 받을 수밖에 없기 때문이다. 오은영 파냐 혹은 하정훈·조선미 파냐, 공감 육아냐 혹은 현실 육아냐 하는 질문을 반복하고 싶지는 않다.

나는 그저 육아가 더 편하고 즐거운 일이 되길 바란다. 그렇다고 아이는 저절로 크는 것이고 육아는 원래 쉬운 일인데 "요즘 엄마들이 문제"라는 말을 듣고 싶지는 않다. 누군가를 돌보는 과정에서의 보이지 않는 노동들이 폄하되지 않으면서도, 육아를 과열되고 복잡하게 만드는 사회적 요인들을 거둬내는 일에 함께 머리 맞댈 수 있기를 바란다. 그 과정에서 전문가의 목소리보다는 평범하게 육아하는 평범한 양육자들의 이야기가 더 많이 유통되기를 바란다. 나의 이야기가 그중 하나로 세상에 닿기를 바란다. 한 젊은 교사의 죽음으로 시작된 사회적 논의가 다른 전문가에 대한 찬양이나 양육자에 대한 비난으로만 끝나는 것은 안타까운 일이니까.

이것은 내가 엄마가 되어 맞닥뜨린 목소리들에 대한 이야기다. 엄마로서의 이야기를 할 때면 찜찜한 기분을 마주한다. 왜 이 이야기는 '양육자' 혹은 '부모'의 이야기가 아니라 '엄마'의 이야기일까. 왜 그래야 하지? 온라인 서점에 '부모'라는 검색어를 쳐본다. 《부모의 말 공부》, 《아이와 함께 자라는 부모》, 《깨어있는 부모》, 《부모라면 유대인처럼》…… 이런 책들은 아이를 키우는 주체를 엄마와 아빠로 전제한 채 육아의 전반적인 철학을 설파한다. '엄마'라는 검색어를 쳐본다. 《엄마의 말 연습》, 《엄마표 수학 큐레이션》, 《엄마가 되고 내면아이를 만났다》, 《초등 문해력을 키우는 엄마의 비밀 1단계》…… 이런 책들은 엄마를 호명해, 말하는 방법을 연습하고 내면아이를 돌보고 수학과 영어를 엄마표로 진행하고 문해력을 키우기 위한 (그것도 '비밀'스러운) 전략을 만들라고 강조한다. 아빠의 육아 참여도가 높아지고 있어도 자녀교육, 건강관리 등의 까다로운 영역은 엄마의 몫으로 남겨지고, 이 영역은 점점 넓고 촘촘해지는 시대. 이 속에서 나는 부모라는 기계적 중립의 단어를 버리고 엄마를 전면에 내세운 이야기를 쓰고자 했다.

(지금 생각해보면 웃기지만) 나만 할 수 있는 이야기가 있다고 믿었다. 예상치 못한 조산, 교육노동과 죄책감으로 점철된 육아, 잠 못 이루던 밤들에 함께한 책들과 한 시절을 지켜준 관계들과 그 모든 삶의 이력이 만들어낸, 나라서 할 수 있는 이야기가. 그 이야기는 아이의 생명력에 감탄하고 감사하는 이야기면서 고통스러운 경험을 나만의 방식으로 해석하고자 하는 이야기였고, 과거의 상처와 어떤 식으로든 연결된 이야기면서 현재를 과거의 상처와 연결 지으려는 시도를 거부하는 이야기였고, 엄마를 둘러싼 불가능한 명령들을 고발하는 이야기면서 그 명령들에 각자의 방식으로 대꾸하는 여성들의 이야기였다. 어떤 방향으로도 만들어질 수 있는 이야기를 들여다보고 만지작거리며 많은 시간을 보냈다.

나만 할 수 있는 이야기가 있다는 믿음은 글을 쓰면서 금세 바닥이 났다. "자기 이야기를 쓴다는 것은 경험을 쓰는 것이 아니다. 경험에 대한 해석, 생각, 고통에 대한 사유를 멈추지 않는 것이다"[51]라는 정희진 선생의 말처럼 나는 나의 경험을 해석해내고 싶었지만, 해석은 진창에서 헤매거나 자기연민과 나르시시즘의 결말로 빠지곤 했다. 그래도 감사의 필터로 치장하거나 다 지난 일이라며 어물쩍 넘어가지 않고 내가 겪은 혼란, 죄책감, 불안을 해석하고 싶었다.

이 감정들의 이유를 나는 아이를 낳은 후 맞닥뜨린 목소리들에서 찾았다. 이른둥이의 발달장애 위험성을 경고하며 발달 전문가들은 말했다. "아이는 무궁무진한 존재이니 엄마가 아이의 발달을 자극해주어야 합니다." 반면 자연주의 육아, 감정코칭, 비폭력 대화 등의 육아 담론에서는 이렇게 말했다. "아이를 있는 그대로 수용하고 바라봐주세요." 혼란과 죄책감 속에 찾아간 상담센터에서 상담사는 말했다. "죄책감에 취약한 자신의 어린 시절을 돌아보고 보듬어주세요." 하지만 나의 죄책감은 내면아이나 심리학적 문제로만 설명될 수 없었다. 아이에게 질병이나 장애가 있을 때, 크고 작은 문제가 일어날 때, 도처에 가득한 이야기는 이것이었다. "엄마 탓이다." 그리고 이 메시지들에 따라 엄마 역할에 몰입하면 경고음이 울렸다. "그러다 몬스터가 될 것이다."

　오늘날 아이의 장애와 질병을 교정하고 소질을 계발하라는 명령은 나날이 거세고 교묘해진다. 동시에 이와 반대로 아이를 있는 그대로 수용하고 공감해야 한다는 압박도 빈번해졌다. 과학적 지식을 동원해 아이를 만들어가는 일에 매진해도, 아이를 인정하고 수용하는 일에 매진해도 혼란과 딜레마를 피하기 힘들다. 이 와중에 엄마들은 내면아이, 긍정적 자아상, 자아 존중감 같은 심리학적 단어들의 세례 속에서 좋은 엄마가 되기 위해 자신의 어린 시절을 돌아보라는 요구까지 받는다. 특히 나는 육아를 어렵게 하는 요인으로 내면아이와 자존감 등을 중시하는 치유문화의 유행에 주목하고 싶었다. 성장 과정에서 부딪히는 문제들을 자존감의 하락으로 연결 짓는 문화에서 양육자는 자녀의 상처에 필요 이상으로 민감해진다. 이러한 사회적 맥락을 걷어낸 채 '진상 부모'를 손가락질하는 것만으로는 문제를 해결하기 어렵다.

　나는 이 시대의 엄마들이 맞닥뜨린 명령이 얼마나 모순적이고 실현 불가능한지, 그래서 엄마들이 얼마나 겹겹의 죄책감에 사로잡히거나 혼란스러울 수밖에 없는지 증언하고 싶었다. 하지만 이를 증언하려고 애쓰는 과정에서 나는 변해 갔고, 내가 만난 엄마들도 마찬가지였다. 그들은 자신이 맞닥뜨린 명령들과 자신의 현실 사이에서 사유하는 존재들이었다. 아니, 사유할 수밖에 없는 존재들이었다. 왜 엄마를 향한 불합리한 명령이 만연한지, 왜 엄마에게만 자녀에 대한 책임을 묻는지, 그 틈 사이에서 까끌까끌함을 느끼며 질문을 던질 수밖에 없는 존재들이었다. 나는 자신의 위치에서 시작된 사유가 얼마나 빛나며 전복적일 수 있는지 그들을 통해서 배웠다. 인터뷰를 허락해준 서리, 울림, 달리기, 기빙트리, 베리베리에게 감사하다.

　이 책은 공부공동체 '트러블'에 많은 부분을 빚지고 있다. 트러블에서 함께 읽은 책, 책을 통해 재구성한 각자의 서사들, 밤늦도록 울리던 학인들의 단톡방에 기대어 책의 구상을 시작했다. 트러블의 리더 매실과 함께 공부했던 학인들에게 감사하다. 도우리 선생님의 글쓰기 강의를 통해 나의 이야기를 사회적인 이야기로 연결하는 방법을 배울 수 있었다. 그의 사려 깊은 피드백 덕에 내가 가진 언어가 부족할지라도 주눅 들기보다 세상에 대해 떠들어대기를 선택할 수 있었다. 글을 기고할 수 있도록 지면을 내어준 교육잡지《민들레》, 출판에 대한 고민을 함께해준 네오와 두둥, 원고를 세심하게 검토해주신 이정신, 한의영 편집자님께 감사하다.

남편은 이 책에서 미약한 존재감을 드러내고 있지만 현실에서는 내가 어떤 글을 쓰는지 모르면서도 글을 쓰라며 카페로 등을 떠밀었다. 나의 작업을 소중히 여기는 것으로 나를 향한 애정을 표현해왔음을 알고 있다. 엄마, 아빠는 더할 수 없이 든든한 육아 지원군이었다. 출산과 육아 경험에 대해 두 분의 이야기—"아이가 건강하게 자라는 것에 감사해라"—와는 다른 이야기를 하고 싶었지만 이 이야기는 두 분의 도움으로 완성될 수 있었다. 내가 이들에게 얼마나 의탁해왔는지 잊지 않겠다.

일곱 살이 된 아이는 지금 건강하게 자라고 있다. 이 글에 등장하는 병원, 상담센터 등에서의 내 경험은 과거완료형이다. 현재진행형이 아니라서 놓친 것들이 있겠지만, 그렇기에 가능한 해석도 있었으리라 믿는다. 과거에 나는 내가 겪는 어려움을 조산 탓으로 여기며 조산을 원망했다. 하지만 지금은 이 어려움이 나만의 것이 아니며, 조산을 했기에 엄마를 향한 사회적 압력을 더 예민하게 느낄 수 있었다는 걸 안다. 조산이라는 사건에 감사하지는 않지만, 이 사건을 경유해 세상을 바라보는 새로운 렌즈를 얻게 된 것에 감사하다.

이 책을 마무리하는 와중에 아이는 사시 수술을 했다. 난이도가 높은 수술은 아니었고 오랫동안 추적 관찰을 해왔던 터라 큰 고민 없이 수술을 결정했다. 아니, 큰 고민을 하고 싶지 않았다. 알지 못하는 의학 정보를 인터넷에서 검색하고, 카페에 가입해 비슷한 사례를 찾고, 더 나은 대안이 있나 고민하는 데 시간과 에너지를 쓰고 싶지 않았다. 그 시간과 에너지라면 아이가 어릴 때 이미 많이 쓰지 않았나. 막상 아이를 수술실에 들여보내고 나자 여러 생각이 쏟아졌다. "사시를 교정하지 않으면 시력 발달에 지장이 있다"와 "시력 발달에는 지장이 없다"던 의사들의 상반된 의학적 견해와 "기다려주면 크면서 자연스레 없어지더라", "빨리 수술해서 바로잡지 않으면 더 심해진다더라", "초등학교 가서 놀림받을 수 있다"는 엄마들의 서로 다른 경험담이 머릿속을 떠다녔다. 괜히 수술해서 애 고생시키는 거 아냐? 재발 가능성이 높다는데······ 아니지, 사시 때문에 놀림받아서 주눅 들면 어떡해? (그놈의 긍정적 자아상!) 단순히 한 존재를 양육한다는 무게감을 넘어서는, 불안감과 비장함 속에 헤매는 시간이었다.

아이의 수술이 잘 끝났다는 소식과 함께 짧은 고민은 끝이 났다. 그러나 아직 끝나지 않은 이야기가 있다. 아이가 수술 후 복용한 항생제 때문에 설사를 계속하자 엄마가 말했다.

"그러니까 유산균 처방이라도 받아오지 않고 뭐 했니!"

돌이켜보면 엄마는 내가 아이를 낳은 후 가장 가깝게 지낸 사람, 나의 육아를 가장 많이 지원해준 사람이면서, 동시에 나의 엄마 노릇을 가장 많이 비난한 사람이다. 엄마는 아이가 감기만 걸려도 "네가 조심하지 그랬니"라고 말하곤 했으니까. 엄마의 말이 비난으로 느껴지지 않았던 건 엄마의 그런 반응이 자식을 잃은 경험에서 오는 두려움 때문임을 알고 있었기 때문이다. 엄마가 답답하기보다는 안쓰러웠기에 엄마의 말들을 한 귀로 흘려보낼 수 있었다. 하지만 그날만큼은 나도 참을 수 없었다.

"애 설사하는 게 내 탓이야? 왜 자꾸 나한테 그래? 엄마는 그 정신없는 와중에 유산균 처방해달라는 얘기까지 할 수 있어?"

설사 좀 한다고 애가 어떻게 되나, 이 정도면 됐지 뭘 얼마나 더 잘하라는 건가, 왜 엄마는 내가 완벽한 엄마가 되기를 바라는 건가…… 엄마에게 쏘아붙이고도 분이 풀리지 않아 씩씩거렸다.

나는 이 책을 쓰는 것으로 한 시절을 털어낼 수 있을 거라고 생각했지만 현실은 어쩔 수 없이 현재진행형이다. "네가 엄마 이해 좀 해줘"라며 어색하게 나를 끌어안고 화해를 청하던 엄마 목소리의 물기처럼. 나는 지금도 전방위적으로 계속되는 엄마를 향한 명령들과 이 책을 쓰게 한 삶의 모든 이력과 맞서서, 더불어 살아가고 있다. '맞서서'라고 생각한 순간 '더불어'인 것에 낙담하고, '더불어'인 것을 째려보다보면 어느새 '맞서서'가 되어 있는 기묘한 공존. 나는 앞으로도 '더불어'와 '맞서서' 사이를 부지런히 오가며 살게 될 것이다. 그 진창 한가운데서 나오는 이야기를 길어내고 싶다. 그 이야기들이 사회와 맞닿은 지점에서 유의미한 마찰을 일으키기를 바란다.

1   에이드리언 리치, 《더 이상 어머니는 없다》, 김인성 옮김, 평민사, 1995, 202쪽.

2   같은 책, 195~202쪽.

3   신손문, 《이른둥이 양육 가이드북》, 아름다운재단, 2022, 8쪽.

4   김수연, 《김수연의 아기발달 백과》, 지식너머, 2019, 71쪽.

5   엘리자베트 벡 게른스하임, 《모성애의 발명》, 이재원 옮김, 알마, 2014, 72~73쪽.

6   김명순, 《아동 놀이정책 수립을 위한 연구》, 보건복지부·연세대학교 연구처/산학협력단, 2017, 32쪽.

7   손진아, 〈'오은영 게임' 오은영 박사 "놀이, 아이에 중요한 발달 자극 주는 방법"〉, 《MK스포츠》, 2023.1.18.

8   서미영, 〈오은영 박사 "아이와 노는 게 재미없다? 놀이에 대한 생각을 바꿔야 합니다"〉, 디지틀조선일보, 2022.8.10.

9   같은 글.

10   김도훈, 〈"내 손으로 내 아이 죽였다" 죄책감 속에 사는 가족들〉, JTBC 뉴스, 2016.5.16.

11   김종오·김경환·김성은, 〈Shaken Baby Syndrome 1례〉, 《대한응급의학회지》 16(1), 대한응급의학회, 2005, 183~186쪽.

12   조옥연·허권회·조도준·김덕하·민기식·유기양·이열, 〈흔들린 아이 증후군 5례〉, 《Korean journal of pediatrics》 46(4), 대한소아과학회, 2003, 404~408쪽.

13   마리아 미즈, 《가부장제와 자본주의》, 최재인 옮김, 갈무리, 2014, 273쪽.

14   같은 책, 273쪽.

15   엘리자베트 벡 게른스하임,《모성애의 발명》, 144쪽.

16   같은 책, 72쪽.

17   대한소아청소년과학회 홈페이지, 육아 정보 내 소아청소년발달
      > 언어발달 항목. 2024년 5월 24일 검색. https://
      www.pediatrics.or.kr/bbs/index.html?code=infantcare&categ
      ory=I&gubun=B&page=3&number=9588&mode=view&keyfie
      ld=&key=

18   중앙육아종합지원센터 유튜브 채널,〈아동학대 예방교육 동영상〉,
      2014.6.19. https://youtu.be/OEYuhGKUoeo?si=_CjdMNnReXY
      L1cnM

19   다비드 에버하르드,《아이들은 어떻게 권력을 잡았나》, 권루시안
      옮김, 진선북스, 2016, 149쪽.

20   같은 책, 149쪽.

21   〈"너 냄새나" 놀리자 "뭐라고?!"……감정 나타내는 로봇 화제〉, JTBC
      뉴스-JTBC 사건반장, 2023.4.10. https://www.youtube.com/
      watch?v=PGXRjKWuLN8

22   군디 가슐러·프랑크 가슐러,《내 아이를 위한 비폭력 대화》, 안미라
      옮김, 양철북, 2008, 90쪽.

23   김유나,〈'영어유치원' 5년 만에 474→811개 급증… '안 보내면
      뒤처진다' 불안감 커져〉,《세계일보》, 2023.3.5.

24   엘리자베스 커리드핼킷,《야망계급론》, 유강은 옮김, 오월의봄, 2024,
      143쪽.

25   섀리 엘 서러, 《어머니의 신화》, 박미경 옮김, 까치, 1995, 335~343쪽.

26   울림은 다운증후군 둘째를 만난 이야기를 다음의 책으로 펴냈다.
     울림, 《다운증후군 아이가 찾아왔다》, 민들레, 2023.

27   앤드루 솔로몬, 《부모와 다른 아이들 1》, 고기탁 옮김, 열린책들,
     2015, 518쪽.

28   질병관리청 국가건강정보포털 사이트의 '조산' 항목, 2024년 5월
     24일 검색. https://health.kdca.go.kr/healthinfo/biz/health/
     gnrlzHealthInfo/gnrlzHealthInfo/gnrlzHealthInfoView.do

29   이진희, 〈페미니스트 관계적 관점에서 본 '좋은' 어머니 되기와 산후
     우울증: 마우트너(Mauthner)의 논의를 중심으로〉, 《페미니즘 연구》
     15(2), 한국여성연구소, 2015, 110쪽.

30   서울대학교병원 의학 정보(네이버 지식백과 '산후 우울증' 항목,
     2024년 5월 24일 검색. https://terms.naver.com/entry.naver?do
     cId=927187&cid=51007&categoryId=51007

31   김경미·최연실, 〈자살자 유가족의 애도과정 경험에 관한 연구〉,
     《가족과 가족치료》 23(4), 한국가족치료학회, 2015, 661쪽.

32   김춘경 외, 《상담학 사전》, 학지사, 2016. (네이버 지식백과
     '내면아이' 항목, 2024년 5월 24일 검색. https://terms.naver.com/
     entry.naver?docId=5675531&cid=62841&categoryId=62841

33   에바 일루즈, 《감정 자본주의》, 김정아 옮김, 돌베개, 2010, 27쪽.

34   정혜연, 〈채널A 육아멘토 오은영 '아이의 인생 바꿀 부모의 말
     한마디〉, 《여성동아》, 2020.11.24.

35   윤우상, 《엄마 심리 수업》, 심플라이프, 2019, 167쪽.

36 같은 책, 184쪽.

37 같은 책, 174쪽.

38 김향수·배은경, 〈자녀의 질환에 대한 모성 비난과 '아토피 엄마'의 경험〉, 《페미니즘 연구》 13(1), 한국여성연구소, 2013.

39 같은 글, 15쪽.

40 Courcy, I., des Rivières, C., 〈"From cause to cure": A qualitative study on contemporary forms of mother blaming experienced by mothers of young children with autism spectrum disorder〉, 《Journal of Family Social Work》 20(3), 2017, 233쪽.

41 Caplan, P. J., Hall-McCorquodale, I., 〈Mother-blaming in major clinical journals〉, 《American Journal of Orthopsychiatry》 55(3), 1985, 345~353쪽.

42 앤드루 솔로몬, 《부모와 다른 아이들 1》, 412쪽.

43 김지수, 〈"아이의 용서가 어른을 죄책감에서 구원한다"〉, 《조선일보》, 2020.11.23.

44 엄지혜, 〈오은영 박사 "마음을 표현하는 법도 가르쳐야 한다"〉, 《채널예스》, 2021년 12월호.

45 에바 일루즈, 《감정 자본주의》, 98쪽.

46 하정훈의 삐뽀삐뽀 119 소아과 유튜브 채널, 〈"기질 육아! 함부로 하지 마세요〉, 2020.9.18. https://youtu.be/XK9qdv2Uw8g?si=S7LXqHRVbCBbwj1l

47 바버라 에런라이크·디어드러 잉글리시, 《200년 동안의 거짓말》, 강세영·신영희·임현희 옮김, 푸른길, 2017, 300쪽.

48   같은 책, 351~366쪽.

49   줄리 리스콧-헤임스, 《헬리콥터 부모가 아이를 망친다》, 홍수원 옮김,
      두레, 2017, 16쪽.

50   제시 싱걸, 《손쉬운 해결책》, 신해경 옮김, 메멘토, 2023, 21~31쪽.

51   정희진, 《나를 알기 위해 쓴다》, 교양인, 2020, 247쪽.

엄마라는 이상한 세계

초판 1쇄 펴낸날	2024년 6월 10일
지은이	이설기
펴낸이	박재영
편집	임세현·한의영
마케팅	신연경
디자인	조하늘
제작	제이오
펴낸곳	도서출판 오월의봄
주소	경기도 파주시 회동길 363-15 201호
등록	제406-2010-000111호
전화	070-7704-5240
팩스	0505-300-0518
이메일	maybook05@naver.com
트위터	@oohbom
블로그	blog.naver.com/maybook05
페이스북	facebook.com/maybook05
인스타그램	instagram.com/maybooks_05
ISBN	979-11-6873-107-3　03810

만든 사람들

책임편집	한의영
디자인	조하늘